ORIENTAL FANTASY STORY & ADVENTURE

마검왕 3

魔劍王

마검왕(魔劍王) 3
혈마교주

초판 1쇄 인쇄 / 2009년 2월 10일
초판 1쇄 발행 / 2009년 2월 20일

지은이 / 나민채

발행인 / 오영배
편집장 / 김경인
펴낸 곳 / (주)삼양출판사 · 드림북스

주소 / 서울특별시 강북구 미아8동 322-10호
대표 전화 / 02-980-2112~4 팩스 / 02-983-0660
편집부 전화 / 02-980-2116 팩스 / 02-983-8201
홈페이지 / www.sydreambooks.com

등록번호 / 제9-00046호
등록일자 / 1999년 3월 11일

ⓒ 나민채, 2009

값 8,000원

(주)삼양출판사 · 드림북스의 서면 허락 없이는 어떠한
형태나 수단으로도 이 책의 내용을 이용하지 못합니다.

ISBN 978-89-542-3101-5 04810
ISBN 978-89-542-3036-0 (세트)

* 지은이와 협의하에 인지는 생략합니다.
* 잘못된 책은 구입한 곳에서 바꾸어 드립니다.

魔劍王

마검왕

나민채 퓨전무협 장편소설

③ 혈마교주

ORIENTAL FANTASY STORY & ADVENTURE

dream books
드림북스

목차

魔劍王

제1장 도심지에서의 싸움 ···· 007

제2장 혈마장로 ···· 041

제3장 팜므파탈 ···· 077

제4장 육혈제 ···· 111

제5장 누구의 즉위식인가 · · · · *141*

제6장 지존천실과 천서고 · · · · *175*

제7장 시녀 · · · · *217*

제8장 어두운 얼굴 · · · · *251*

제9장 현장에서 · · · · *291*

제 *1*장
도심지에서의 싸움

※「마검왕」은 순수 창작물로써, 이 작품 속에 등장하는 인명·지명·단체명 등은 실제 사실과 관계가 없음을 밝힙니다.

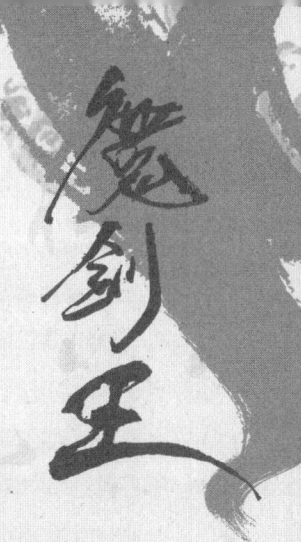

 그는 무표정한 얼굴을 하고 있었다. 그의 흰 얼굴은 장롱 안에서 햇빛을 받지 못해 시체처럼 핏기가 하나도 없었다.
 더군다나 그는 광대뼈가 그대로 드러날 만큼 여위었다. 푹 꺼진 두 눈덩이 안에서 나를 노려보는 눈동자가 몹시 오싹했다.
 인간의 모습으로 나타난 흑천마검은 음산한 그 자체였다.
 가만히 서 있는 그의 주위로 죽음의 망령들이 돌아다니며 낄낄대고 웃는 환각이 보였다.
 "자, 잠깐."
 나는 침을 꿀꺽 삼키며 말했다.

정작 그렇게 말하긴 했지만, 나는 갈피를 잡지 못하고 있었다.

그가 공격을 해오면 맞대응해야 하는 것인지, 그가 공격하기 전에 내가 먼저 공격을 해야 하는 건지, 아니면 대화로 해결을 봐야 하는 건지.

분명한 건 그가 내게 살의를 품고 있다는 것이었다. 참으로 이기적인 살의다.

잡아먹을 거라니?

나는 눈동자를 굴려 주위를 훑어보았다. 어둠에 익숙해진 눈에는 자재창고 안의 빈 상자들과 녹슨 연장들만 보였다.

그가 코를 킁킁거렸다. 와인 냄새를 맡는 소믈리에처럼 내 체취를 음미하는 것 같았다.

그가 어떻게 나올지 감이 잡히지 않았다. 정말 이대로 나를 잡아먹으려는 것일까?

애벌레가 고치를 깨고 나오면 나비가 되듯, 나는 명왕단천공이라는 고치를 뚫고 성충이 되었다. 하지만 내가 성충이라면 흑천마검은 사마귀와도 같았다.

나는 그의 섬뜩한 눈빛을 고스란히 받으며, 이마에 식은땀이 맺히는 것을 느꼈다. 팔과 다리에 추를 매달아 놓은 듯 온몸이 무겁게 느껴졌다.

사실대로 말하자면 나는 그가 두렵다.

명왕단천공의 큰 깨달음을 얻은 후에도 그것은 달라지지 않앉다. 오히려 새로이 뜨인 눈으로 바라본 그가 얼마나 큰 존재인지, 절실히 알게 되었다고 하는 게 옳을 것이다.

말아 쥔 손이 조바심 때문에 부르르 떨렸다. 절정에 이른 무공과 상관없이 몸이 떨려왔다.

아드레날린이 분비되어 심장이 쿵쾅거렸다. 평정심을 유지할 수 없었다.

나는 더 이상 참을 수 없다고 생각했다. 이 이상은 무리라는 걸 직감했다.

지왕세. 혈강세. 파면세.

그 삼식(三式)에 십이양공의 공력이 녹아드는 순간, 나는 주먹을 뻗었다.

'아차!'

이쪽은 현실세계다.

뒤늦은 생각이 들었지만 두려움과 조바심에 장악당한 내 몸을 주체할 수 없었다.

이가 악물어졌다.

"꺼져 버려!"

눈웃음만 띠고 있는 흑천마검에게 고함을 터트렸다.

파앙!

그는 내 주먹을 손바닥으로 너무나도 태연스럽게 받았다.

흑당들과의 전투로 인해 무공에 비약적인 성취가 있었다. 의심할 나위 없이 나는 강해졌다. 한데도 어린아이의 주먹을 감싸 쥐듯 쉽게 내 공격을 받아내는 흑천마검을 보니, 순간 머릿속이 새하얘졌다.
 아무리 흑천마검이라 할지라도 명왕단천공을 대수롭지 않게 받아내다니!
 말도 안 된다는 생각이 든 순간, 비틀린 십이양공의 공력이 주먹 밖으로 분출되었다. 그때 흑천마검의 입꼬리가 비릿하게 말려 올라갔다.
 '안 돼!'
 그 메아리가 머릿속에서 울렸다.
 쾅!
 흑천마검의 손바닥과 내 주먹 사이로 섬광이 번쩍였다. 두 번째 섬광이 터졌을 때, 나는 창고 천장을 뚫고 하늘 높이 튕겨 날아가고 있었다.
 자재창고를 뒤덮은 화염 덩어리가 거대한 알이 부화되는 것처럼 폭발하며 건물 파편을 사방으로 날렸다.
 공단 부지가 점점 시야에서 멀어졌다. 그곳에서 연이은 폭발이 일어나고 있는 광경이 눈에 들어왔다.
 쾅! 쾅! 쾅!
 마지막 폭발음과 함께 나는 지면으로 추락했다.
 급히 자세를 안정시키며 착지하자마자 "빠아아앙." 하는 자동차 경적소리와 함께 헤드라이트 불빛이 눈으로 쏟아져 들어왔다.

바로 코앞에서 일어난 일이었다.

반사적으로 자동차 보닛을 향해 양팔을 뻗었다. 그 순간 자동차 유리 안으로 경악한 표정을 진 아줌마의 얼굴이 보였다.

이대로 충돌하면 나는 괜찮지만 아줌마는?

찰나의 순간에 용케도 그런 생각이 들었다.

자동차 보닛이 손에 닿는 순간, 팔목을 튕겨 위로 몸을 솟구쳤다.

밑으로 여러 대의 자동차 경적소리가 들렸고, 양말 공장부지에서도 또다시 폭발음이 터졌다.

양말 공장에서 벌어진 소란과는 상관없이 도로 위도 아수라장이 되어 버렸다.

허공에서 몸을 비틀며 흑천마검을 찾기 위해 시선을 옮기는데, 뭔가가 내 목을 움켜쥐더니 날 아래로 내던졌다.

나를 보고 있는 흑천마검의 모습이 보였다.

'젠장!'

추락하면서도 억울함이 들끓었다.

등으로 묵직한 통증이 느껴지면서 충돌음이 잇따랐다. 내 몸이 인도 위로 내팽개쳐졌다.

난 배 위에 쓰러져 있는 자동차 신호등을 밀어젖혔다. 이미지 트레이닝에서 흑당에게 당했던 한 장면과 너무나도 흡사하다고 생각했다.

쉬익!

흑천마검이 내 위로 착지했다. 나는 흑천마검의 가랑이 사이에 누워 있는 꼴이 되었다. 그의 날카로운 손톱이 빠르게 다가왔다.

그토록 연마한 명왕단천공도 흑천마검에게는 소용이 없단 말인가? 죽음에 대한 두려움보다도 억울해서 미칠 것만 같았다.

흑천마검이 허리를 굽히고는 오른손으로 내 목을 움켜쥐었다.

그의 얼굴이 가까이 다가왔다.

깊은 눈두덩이. 그 안에 자리 잡은 조그마한 눈자위. 그것이 나를 빤히 쳐다본다.

쩌억.

그의 입이 천천히 벌려졌다.

뾰족한 이빨들 사이로 어둠이 보였다. 나는 그 안으로 빨려 들어갈지도 모른다고 생각했다. 문득 기린이 잡아먹혔을 때가 떠올랐다.

'안 돼!'

소리 없는 아우성이 머릿속에서 맴돌았다.

그때였다.

"큭."

갑자기 그에게서 신음소리가 터져 나왔다. 내 목을 쥔 그의 손에 잔뜩 힘이 들어갔다. 숨이 막히고 눈알이 터질 것만 같던 그때, 그가 중얼거렸다.

"검집 안에서는…… 여기까지인가…….”

그의 목소리가 점점 멀어져갔다. 목소리가 완전히 사라질 무렵에는, 내 목을 움켜쥐고 있던 그의 손도 거짓말처럼 사라져 버렸다.

쓰러져 있는 내 옆으로 뭔가가 툭 하고 떨어졌다. 그건 검집에 들어 있는 흑천마검이었다. 순간 정신이 번쩍 들었다.

'대체 이건 무슨 일이지?'

나는 상체를 일으키며 흑천마검을 응시했다. 검집은 흑천마검을 안에 품은 채 은은한 흑광에 둘러싸여 있었다.

그뿐이었다.

그 순간을 솔직하게 고백하자면 나는 안도했다.

죽지 않았다. 잡아먹히지 않았다.

어쩌면 죽음의 순간이 약간 미뤄졌을 뿐인지도 모르는데, 지금 당장 살아났다는 생각에 안도하고 있었다. 이런 내가 싫었다.

"빌어먹을.”

나는 땅 위에 떨어진 흑천마검을 발로 걷어차려다, 이내 마음을 접고 검을 주워들었다.

나를 잡아먹으려하는 젠장맞을 것이지만 내게는 꼭 필요한 물건이다.

목이 따끔거렸다. 피가 흘러나오고 있었다.

어깨 쪽도 마찬가지였다. 내려다보니 깊은 검상이 새겨져 있었다.

뺨도 쓰라린 것을 보니, 얼굴 쪽에도 상처를 입은 모양이다. 검상을 입은 부위의 통증을 느끼며 주위를 두리번거렸다.

시간도 시간이지만 전주 외곽지역인 것이 천만다행이었다. 도로는 급정거한 차들로 어수선했고 몇몇 운전자들이 차문을 열고 밖으로 나오고 있었다.

'사람들이 몰리기 전에……'

멀리서 사람들이 뛰어오는 게 보였다. 나는 빠르게 그 자리에서 벗어났다.

빠르게 혈도를 눌러 지혈을 하긴 했지만 그렇다고 외상까지 바로 아무는 것은 아니었다.

우리 아파트 경비실 화장실에서 거울을 바라본 나는 화장실에서 나갈 엄두가 나지 않았다.

지금의 내 모습을 가족들이 본다면 놀라 까무러칠게 분명하다.

추리닝이 엉망이 되어 버렸다. 찢기고 불에 그슬리고 거기에 피까지 묻어 있었다.

굳이 가족들이 아니더라도, 누군가 이런 내 모습을 보다면, 112 버튼을 누를 수밖에 없을 것이다. 혹은 119나.

화장실로 누가 들어오는 것 같아서 황급히 칸막이 안으로 들어갔다. 칸막이 밖에서 헛기침소리, 소변소리, 물 내려가는 소리가 연이어 들렸다.

'어떻게 하지……'

죽음의 순간을 넘기고 나자 현실적인 문제가 닥쳤다. 어깨와 얼굴에 난 검상 그리고 넝마가 되어 버린 추리닝이 걱정되었다.

가방과 핸드폰, 교복도 모두 공장부지에서 새까만 재로 변해 있을 것이다.

'아줌마 말고는 날 본 사람이 없겠지?'

이런 생각까지 하는 걸 보니 조금은 여유가 생긴 모양이었다. 나는 숨을 "후." 하고 내뱉었다. 어쩌자고 흑천마검은 현실에서 모습을 드러냈단 말인가?

변기 옆에 던져놓은 흑천마검을 노려보았다.

생각 같아선 용광로 속에 집어넣고 싶었다. 하지만 흑천마검은 그 속에서도 녹지 않고, 오히려 지옥 불을 만끽할 것이다.

'굳이 나타나야 했다면 저쪽 세상에서 나타났어야지!'

관자놀이가 지끈 아려왔다.

기영이와 우철이에게 도움을 청할까 했지만 고개가 설레설레 저어졌다.

그 둘도 내 모습을 보고 깜짝 놀랄 테고, 무엇보다도 둘은 고삼이라 아직도 학교에서 야자 중일 것이다.

나는 흑천마검을 기분 나쁘게 낚아채며 칸막이 밖으로 나갔다. 왼쪽 눈 아래부터 입꼬리 바로 위까지 길게 이어진 흉측한 상처가 거울에 비쳐졌다.

상처 부위를 집게손가락으로 톡 건드리자, 쓰라린 느낌이 얼굴 전체로 번졌다. 나는 얼굴을 일그러트리며 흑천마검을 쥔 손에 힘을 주었다.

결국 늦은 밤이 될 때까지 기다렸다가 베란다를 통해 집으로 들어가기로 했다.

경비실에 걸려 있는 시계를 훔쳐보면서, 열두 시가 되기만을 기다렸다.

그리고 열두 시가 되자마자 재빠르게 이동해서 우리 집 베란다로 뛰어 올랐다.

새시 너머로 텔레비전소리가 들렸다.

소파에서 잠들어 버린 엄마의 모습이 보였다.

다행히도 새시는 잠금장치가 되어 있지 않았다. 소리가 나지 않도록 새시 문을 열고, 조용히 내 방까지 들어갈 수 있었다.

'여기까진 됐는데 내일은?'

얼굴의 상처가 아물기까진 못해도 한 달이 넘게 걸릴 것이다. 그사이 계속 엄마의 눈을 피할 수 있으리라고는 생각하지 않았다.

'저쪽 세상이라면……'

각오가 선 눈으로 흑천마검을 바라보았다. 아이러니하게도 나를 잡아먹으려하는 이것은, 나를 설아와 색목도왕에게 이어주는 끈이기도 하다.

그들을 보지 못한 지도 어느새 두 달째다.

그간 고향으로 돌아가길 기다리는 도시민처럼 설아와 색목도왕을 떠올려왔다.

물론 저쪽 세상의 시간이 정지되는 만큼 둘의 입장에선 나를 만나봤자 전혀 반갑지 않겠지만 말이다.

이제 돌아갈 시간이다.

자발적이라기보단 상황에 밀려 돌아가기로 마음을 먹은 것이지만, 설아와 색목도왕을 볼 수 있다는 생각이 들자 입가에 미소가 그려졌다.

얼굴 근육이 움직이자 따끔한 통증이 일었다.

"나를 이동시켜줘야겠어."

분풀이를 하는 마음으로 흑천마검을 힘껏 쥐고는 내공을 밀어 넣었다.

그러자 눈앞이 푸른 빛무리로 가득 찼다.

쏴악!

모든 것이 슬로모션처럼 보였다.

설아의 눈꺼풀이 떠지며 옥구슬 같은 눈망울을 드러냈다. 설아의 눈동자가 천천히, 아주 천천히 나를 알아보기 시작했다. 이쪽 세상 특유의 맑은 냄새가 콧속으로 스며들어왔다.

설아는 눈을 깜박이며 나를 쳐다보았다.

문득 마지막으로 둘을 만났던 때가 떠올랐다.

흑천마검을 시험해 보았다가 팬티 차림의 내 모습을 둘에게 보여준 적이 있다.

설아와 색목도왕의 눈동자가 느릿하게 커지면서 입도 벌어지기 시작했다.

"소교주님!"

설아가 목소리를 터트렸다.

걱정스러운 얼굴로 내 얼굴과 몸을 훑어보는 색목도왕의 모습에서 반가움을 느꼈다. 내가 지금의 몰골을 설명하기도 전에, 설아는 당장 큰일이라도 난 것처럼 떨리는 목소리로 말했다.

"이게 대체 무슨 일이세요!"

"부상을 입으셨습니다, 소교주님."

색목도왕은 나를 부축하려고 했다. 하지만 나는 중상을 입지 않았다고 말한 후에 둘에게 반가움의 인사를 건넸다.

옷이 넝마가 되었고 얼굴과 어깨에 검상을 입었으니, 둘이 놀랐을 만도 하다고 생각했다.

나는 두 달 만에 이곳으로 돌아왔다.

그런데 이동할 때마다 이들의 눈에는 내가 어떻게 비춰질까?

내 얼굴에 난 상처에 금창약을 발라주는 설아에게 그 점에 대해서 물어보았다.

"소교주님은 계속 그 자리에 서 계셨어요. 어떻게 말씀드려야 할지……. 갑자기 뻗친 청색 기운에 눈을 깜빡이고 나니 소교주님은 다른 모습으로 서 있으셨어요. 조금 전까지만 해도 저희에게 '안녕하세요.' 라고 하셨는걸요. 그리고 또다시 부상을 입은 모습으로 변하시니."

혼란스러운 것인지, 아니면 내 상처가 걱정이 되는 것인지 설아의 눈동자가 흔들렸다. 나는 그런 설아에게 보고 싶었다고 눈으로 말했다.

"소교주님. 어떻게 된 일이십니까? 내상은 입지 않으셨는지요?"

"말씀드렸다시피 큰 부상이 아닙니다."

그쯤해서 방바닥에 앉았다.

내가 운신에 이상이 없고 기운도 흐트러지지 않았다는 걸 느낀 색목도왕과 설아도 내 앞에 앉아 나를 빤히 바라보았다.

둘의 얼굴엔 기대와 희망, 호기심과 신비로움 등 모든 감정이 섞여 있었는데 그중에서 가장 뚜렷하게 보이는 것은 걱정과 근심이었다.

"소마에게 말해줄 수 없는 일입니까?"

색목도왕이 상처에 대해 물었다.

둘에게 저쪽 세상의 선물. 흔히 말하는 기념품 같은 거라도 챙겨올 걸 하는 후회가 들었다. 지금이라도 현실로 넘어갈 수 있긴 하지만 말이다.

나는 고개를 저었다.

"소교주님이 사시는 세상에 원수가 있는 것입니까?"

색목도왕은 진심으로 나를 걱정하고 있었다. 설아도 '어서 말해 보세요.' 라는 눈으로 나를 빤히 보고 있었다.

"원수요?"

"예. 원수. 적. 소교주님의 목숨을 노리는 적이 그곳에도 있는 것입니까?"

"있습니다."

이런 이야기보다도 오순도순 정다운 이야기를 나누고 싶다고 생각했다.

현실 세계에서 내가 이룬 명왕단천공의 성취에 대해서도 말해주고 싶었다. 우리의 대화가 아무런 의미 없는 대화라 할지라도 상관없었다.

하지만 나를 걱정해 주는 둘에게 사정을 말해주는 것이 '지인에 대한 예의'라고 생각하며 입을 열었다.

"바로 이놈입니다."

나는 흑천마검을 가리켰다.

색목도왕과 설아는 내 손가락을 따라 흑천마검 쪽으로 시선을 옮겼다. 흑천마검의 검 자루에 박힌 붉은 옥이 섬뜩한 광채를 띠었다.

"전대 교주는 어떻게 이…… 이 흉측한 것을 통제할 수 있었던 것입니까?"

내 목소리에는 나도 깜짝 놀랄 만한 분노가 깃들어 있었다.

일순간 감정이 밀려왔다.

흑천마검에게 잡아먹힐 뻔한 지 불과 한 시간도 지나지 않았다.

뾰족한 이빨들 사이로 보이는 어둠. 그대로 빨려 들어갈 것 같았던 두려움. 그리고 나서 살았다며 안도한 내 모습.

지난 일이 파노라마처럼 뇌리를 스쳤다.

설아가 떨리는 내 어깨에 손을 올리며 물었다.

"소교주님, 괜찮으세요?"

나는 고개를 끄덕이며 마음이 진정되도록 노력했다. 그러고 보니 색목도왕이 조용했다. 흑천마검을 응시하는 색목도왕은 뭔가를 알고 있는 눈빛을 띠었다.

색목도왕이 고개를 들어 나를 바라보았다. 재촉하는 쪽은 내가 되었다.

"말씀해 주세요. 전대 교주는 이것을 어떻게 통제할 수 있었습니까?"

"무슨 일이 있으셨군요."

"잡아먹힐 뻔했습니다. 검집 때문인지 구사일생으로 목숨을 구할 순 있었지만, 조금만 늦었더라도 저는 이 자리에 없을 겁니다. 제 피가 묻은 흑천마검만 덩그러니 나타났을 지도

요."

내 피가 묻은 흑천마검이라니.

내가 말해 놓고도 끔찍하다는 생각이 들었다.

색목도왕이 묵묵히 고개를 끄덕였고, 설아는 겁먹은 얼굴로 흑천마검을 힐끔 바라봤다.

어느새 나는 주먹을 쥐고 있었다.

"전대 교주님께선……."

색목도왕이 입을 열었다.

"전대 교주님께서도 검집 밖으로 나온 신물을 통제할 수 없으셨습니다."

"그 말씀은 검집에 봉인된 흑천마검은 통제가 가능했다는 말인지요?"

"예."

"한데 저는……."

말꼬리를 흐리며 '죽을 뻔했답니다.'라는 말을 속으로 삼켰다. 결국엔 내가 부족하다는 말일 게다.

전대 교주는 이쪽 세상에서 말하는 반마라는 경지에 들었다. 하지만 십양과 명왕단천공 십성의 성취를 이루고도 나는 그 경지에 들 수 없었다.

아마도 전대 교주는 십이양공과 명왕단천공을 대성(大成)했을 것이다.

전대 교주가 이룩한 곳까지 도달하기 위해선, 이 두 개의 장

벽을 부셔야 한다.

'그 차이란 말인가?'

색목도왕은 아직 말을 다 끝내지 못한 얼굴이었다. 내가 살짝 고개를 끄덕이자 색목도왕이 말을 이었다.

"그래서 전대 교주님께서 신물을 검집에서 꺼내신 적이 별로 없으셨습니다."

충분히 공감이 가는 말이다.

나 역시 무슨 일이 있어도 신물을 검집 밖으로 꺼내는 일이 없을 것이라고 생각하며, 강하게 고개를 끄덕였다.

색목도왕의 입에서 흥미로운 이야기가 시작되려고 했다. 색목도왕은 내가 기대하고 있는 것을 눈치챘는지, 자세한 이야기를 늘어놓기 시작했다.

"전대 교주님을 모신 삼십 년의 세월 동안 전대 교주님께서 신물을 검집에서 꺼내신 적은 단 두 번뿐이셨습니다. 한 번은 검제(劍帝)와의 대결에서였습니다."

"검제요?"

"일전에 말씀드렸듯이 천하무림은 세 명의 절대고수들에 의해 균형을 이루고 있습니다. 정도무림의 검제, 정도도 사도도 아닌 괴제 그리고 전대 교주님께선 마제라 불리셨습니다."

나는 알겠다는 듯이 고개를 끄덕였다.

"전대 교주님과 검제는 두 번을 겨루셨습니다. 한 번은 신물 같은 영검(靈劍)이 아닌 일반 명검으로, 한 번은 영검으로."

"그 말씀은 흑천마검 같은 게 또 있다는 말씀입니까?"

내 물음에 색목도왕은 고개를 깊게 숙이며 말을 이었다.

"진작 말씀을 드렸어야 했는데, 천하에 영검은 두 자루입니다. 흑천마검과 백운신검(白雲神劍)."

흑천마검과 비슷한 게 한 자루 더 있다는 사실을 알게 되자 얼굴이 찌푸려졌다. 이름으로 보아선 온화한 신선의 이미지가 떠올랐지만, 그 검도 흑천마검과 별반 다를 리 없다는 생각이 들었다.

백운신검도 강한 힘을 바탕으로 스스로 존재하는 검. 꺾을 수 없는 오만함으로 사람을 우습게 볼 것이다.

"열흘에 걸쳐 대결을 하셨지만 승부가 나지 않았습니다. 그리고 두 번째 대결은 정마교와의 혈쟁에서였습니다. 일 년이 가도 끝나지 않았던 전쟁을 흑천마검을 꺼내든 전대 교주님께서 혈혈단신으로 끝내셨습니다."

색목도왕의 눈은 나를 향해 있었지만, 정확히는 내 얼굴 너머 뭔가를 보고 있었다.

스스로가 남긴 회상의 여운에 빠져든 것이다.

나는 그의 추억을 영화처럼 보고 싶다고 생각했다. 색목도왕이 잠시 떠났던 과거로의 여행에서 돌아왔을 때, 기다렸다는 듯이 물었다.

"그러면 무엇을 원하죠?"

줄곧 궁금하던 바였다.

"예?"

"흑천마검은 남을 위해서 힘을 빌려주는 그런 놈이 아닙니다. 확실해요. 피라도 바쳐야 하는 건가요? 아니면 수명을 대가로 거래를 하는 건가요?"

흑천마검은 그런 놈이다. 분명히 지옥에서 태어난 악마의 자식일 것이다.

소설이나 영화에 나오는 악마들은 사람의 소원을 들어줄 때 영혼을 바란다.

이런 생각까지 들자, 흑천마검을 바라보는 것만으로도 몸에 오한이 들었다.

내 물음에 잘 모르겠다는 색목도왕의 대답이 돌아왔다.

"하오나 흑천마검은 본교의 신물입니다. 본교의 십시(十市)를 다스리고, 십만 교도의 주인이 되는 교주의 상징입니다."

색목도왕의 말은 꼭 흑천마검을 버려서는 안 된다고 내게 말하는 것 같았다.

"걱정 마세요. 이제는 버리려야 버릴 수가 없게 되었으니까요. 검집에서 나온 이놈은 필시 저를 노리고 달려들 테지요. 하지만 이놈은 색목도왕과."

나는 거기서 말을 끊고 설아를 바라보며 말했다.

"설아를 제게 이어주는 끈이거든요."

설아와 나는 말없이 눈빛을 주고받았다.

오랜만에 보아서 그런지 설아는 더 예뻐진 것 같았다. 텔레비전에 나오는 여자 연예인들은 설아를 보면 울고 가겠지.
"저는 이놈을 절대 꺼내지 않을 생각입니다."
그렇지만 버리지도 않는다. 윤리시간과 사회시간에 배운 용어를 빌려 표현하자면 놈은 필요악이다. 혹은 국어시간에 배운 계륵 같은 존재이다.
"그러셔야 합니다. 제가 알기론 검집에 봉인된 이상 소교주님의 목숨을 위협할 순 없을 겁니다."
'역시……그런 건가?'
입맛이 썼다.
"전대 교주도 통제하지 못했다고요?"
"예."
"그렇다면 명왕단천공의 십성밖에 이루지 못한 제가 놈을 통제할 순 없지요. 극성을 이룬 전대 교주도 통제하지 못했는데."
방 안을 감돌던 무거운 공기 속에서 뭔가가 틱 하고 끊기는 느낌이 들었다. 색목도왕과 설아가 주먹만 한 눈을 뜨고 나를 빤히 보았다.
"소교주님, 지금…… 명왕단천공의 십성을 이루셨다고 하셨습니까?"
색목도왕의 목소리가 몹시 떨렸다.
목소리처럼 그의 어깨에서도 파문이 일었다. 색목도왕의 목부분이 벌겋게 달아오르더니 이내 온 얼굴로 홍조가 퍼졌다.

흥분으로 가득 찬 색목도왕이 뜨거운 숨을 콧구멍으로 훅훅 하고 내쉬었다.
설아는 자신의 양손을 깍지 끼고는 입을 벌린 채로 굳어 버렸다.
"가, 감축 드립니다!"
색목도왕이 앉은 상태에서 허리를 굽혔다. 설아까지 몸을 움직이려는 것 같아 황급히 설아를 말리고, 색목도왕을 일으켰다. 바로 옆에서 색목도왕의 거친 숨이 느껴졌다.
나는 둘을 바라보며 말했다.
"다시 돌아갑시다."
'혈마교로.'

* * *

우리는 해가 질 무렵 서안이라는 곳에 들어섰다. 끝이 보이지 않는 평야가 눈앞에 펼쳐졌다. 그것은 한 번도 보지 못한 광활한 풍경이었다.
추수철이 지나 논에는 다 베어져 버린 벼들만이 남았다. 하지만 아직 색이 바래지지 않은 탓에 일대는 온통 황금빛으로 물들어 있었다.
감탄만 하고 있을 때가 아니라서 빠르게 내달렸지만, 평야의 끝이 나타날 기미가 보이지 않았다.
"어마어마하네요."

달리던 걸 멈추고 설아를 내려놓으며 말했다. 설아가 당연하다는 듯이 빙그레 웃었다.
"여기는 서안이잖아요."
그러면서 북경, 남경, 낙양과 함께 이곳 서안이 사대도시 중에 하나라고 설명하면서 기린석을 소매로 닦았다. 설아는 틈만 나면 기린석을 매만졌다.
그래서인지 기린석이 발하는 광채가 점점 뚜렷해지는 느낌이었다.
중년 남성으로 얼굴을 바꾼 색목도왕이 내게로 걸어왔다.
"쉬다 가시겠습니까?"
"가야죠. 이곳의 모습이 놀라워서 잠시 멈춘 것입니다. 저는 이런 것을 처음 보거든요. 가도 가도 끝이 없는 논밭이라니. 추수한 쌀을 모아놓으면 산만큼 쌓이겠지요? 자, 그만 가죠."
"예."
색목도왕은 짧게 대답하고 앞서서 달렸다.
보이는 것은 논밭이었고 간간하게 움막집과 농사일을 하고 있는 사람들이 보일 뿐이었다.
갈증이 느껴지기 시작했을 때가 되서야 성곽이 보였다. 그 위로 나열한 군관들이 아래를 굽어보며 수상한 자들은 없는지 살펴보고 있었다.
성곽 안과 밖은 큰 차이를 보였다.

조용하고 광활한 평야의 성곽 밖. 그리고 곧게 뻗은 대로와 크고 작은 전각들이 빼곡한 성곽 안.

황당할 정도로 갑자기 달라진 분위기에 나는 어리둥절했다.

저잣거리에 들어서면서부터는 수많은 인파에 정신이 하나도 없었다.

한 젊은 여성은 무릎을 꿇고 앉아 좌판을 보며 장신구를 고르고 있었다.

머리를 양 갈래로 딴 여자아이는 당과라고 불리는 군것질거리를 물고 있었고, 졸부 집 아들로 보이는 한 아이는 값비싼 비단옷을 입고선 하인들의 수발을 받으며 걸어가고 있었다.

객잔 앞에서 호객 행위를 하는 점소이와 재주를 선보인 후 돈을 걷고 있는 곡예사도 보였다.

대로의 한쪽에선 관졸들이 무엇이 그리도 급한지 무리지어 어딘가로 뛰어가고 있었다.

훼엑.

그러던 와중 사람들의 시선이 내게로 쏠리는 게 느껴졌다. 모두들 나를 별종 보듯이 바라보았지만, 내 옆에 바짝 붙어선 거대한 색목대왕 덕분에 시비를 걸어오는 자들은 없었다.

"소교주님의 의복부터 해결해야 할 것 같습니다."

색목도왕의 말에 나는 크게 동감했다.

문제는 우리 수중에 돈이 없다는 것이었는데, 미안하게도 설아가 끼고 있던 가락지 하나를 팔아 흑색 도복을 사주었다.

저잣거리를 따라 걷다가 허기가 지고 목이 말라, 길가의 노점에서 쉬기로 결정했다. 도복을 사고 남은 돈으로 저녁을 해결할 수 있을 것 같았다.

노점은 우리식 포장마차와 같은 개념으로, 길가 한편에 목탁 네 개를 덩그러니 놓아 오가는 사람을 대상으로 국수를 파는 곳이었다.

우리는 목탁 하나를 차지하고 앉았다.

국수를 주문한 후, 이야기를 나누려는데 옆에서 먼저 온 무리들의 대화소리가 들렸다.

허리에 검집을 차고 도복을 입은 걸로 보아 그들은 무림인이었다.

의외로 무림인들을 보기 힘들었던지라 나는 신기한 눈으로 그들을 훔쳐보았다.

그들도 우리처럼 셋으로 모두 남자였고, 같은 도복을 입고 있었다. 서로의 나이차가 다섯 살씩은 되는 것으로 보아 사형제지간인 듯싶었다.

그들의 대화가 갑자기 끊겼다.

아마도 내가 그들을 의식하는 것처럼 그들도 우리를 의식하는 모양이다.

정확히 말하자면 우리가 아니라 색목도왕을 의식하고 있는 것이다. 거대한 몸과 등에 찬 커다란 박도는 누가 보더라도 충분히 위압적이니까.

주문했던 국수가 빨리 나왔다. 우리가 국수를 먹기 시작하자 그들도 의심을 버리고 대화를 다시 시작했다. 한 남자의 굵직한 목소리가 들렸다.

목소리 톤과 어울리지 않는 들뜬 어조였다.

"확실하지?"

"그래요, 사형. 벌써 몇 번째 물어보는 겁니까? 확실하다니까요. 이래 봬도 제가 발이 넓어요. 보셨잖아요. 관병들 바쁘게 움직이는 거. 그게 다 그래서라니까요."

"그렇긴 하지. 그런데 말이야 믿겨야 말이지. 삼왕자가 서안관에 있다 쳐. 그런데 그걸 어찌 안 거야?"

"서안관에 일하는 친구 놈이 하나 있어요."

"관과 얽히면 좋지 않아."

"꼭 그렇지만도 않아요."

"말대답은……."

"이렇게 정보도 얻을 수 있고 좋잖아요. 확실히 오늘이 삼왕자의 초청으로 구도장께서 도착하시는 날이에요."

"왜 삼왕자가 공동 전인을 초청한 거지?"

"그건 모르죠. 병이 있는 건지 아니면 고명한 도사께 제사를 부탁하려는 건지."

'누군가 유명한 사람이 오는가 보군.'

그렇게 생각하며 국물을 들이켰다.

정말로 남자의 이야기처럼 관병들의 심상치 않은 움직임이 눈에 띄었다.

많게는 열, 적게는 서넛씩 무리지어 움직이며 누군가를 맞이할 대비를 하고 있는 듯 보였다.

그 유명한 사람을 기다리는 건 대화를 나누고 있는 저 사형제뿐만은 아니었는지, 길을 왕복하며 같은 자리를 맴도는 사람들이 꽤 많았다.

잠시 후 색목도왕과 설아까지 식사를 마치자, 우리는 자리에서 일어났다. 그리고 곧장 서안 동문으로 향했다.

오 분쯤 걸었을 무렵, 먼발치에서 사람들의 웅성거림이 들렸다.

수백 명은 넘어 보이는 사람들이 하나같이 길을 비켜서며 고개를 숙이고 있었다.

군중 사이 트여진 길로 한 무리가 걸어왔다. 그들은 모두 다섯이었다.

앞에 둘, 뒤에 둘 그리고 가운데에 하나.

"누구 길래 사람들이 이러는 거죠?"

저 무리 중에 한 사람이 좀 전에 들었던 대화 속의 그 사람일지도 모른다는 생각에 색목도왕에게 물었다.

"저자 말씀이십니까?"

색목도왕이 눈으로 가운데 사람을 가리키며 반문했다.

그는 노도사로, 남청색 도복을 입은 젊은 도사들의 호위를 받고 있었다. 남청색 도복에 머리에 건(巾)을 쓴 젊은 도사들과는 달리, 노도사는 자색 도복을 입고 있었다.

머리카락과 수염이 모두 희고 얼굴색은 홍색과 가까웠다. 나는 노도사를 보며 그가 하늘에서 구름을 타고 내려온 신선 같다고 생각하며 고개를 끄덕였다.

『공동파의 오 진인 중 한 명입니다.』

전음으로 대답한 색목도왕의 얼굴을 보니, 매우 담담한 표정이었다. 서안의 백성들이 우러러 보는 구도장이라는 저 노인쯤은 아무것도 아니라는 듯한 얼굴이다.

그러면서도 전음을 쓴 건, 어느새 구도장을 보기 위해 몰려온 무림인들 때문일 게다.

『평판이 정말 좋은 것 같네요.』

서안의 백성들은 구도장이 건네는 쌀알 한 톨씩을 보물처럼 받아들고 매우 감격에 찬 얼굴로 그것을 고이 쥐었다.

그러면서 숙인 허리를 펴지 않는다.

그건 무림인들도 마찬가지였다.

가지각색의 도복을 입은 자들이 보였다.

서안에 있는 수많은 무관에서 나온 사람들이 포권을 취하며 허리를 숙이고 있었다.

몰려드는 사람들로 인해 길가는 어수선했지만, 구도장 주위는 이상할 정도로 조용했다.

마치 보이지 않는 막이 그의 주위를 밝고 조용하게 만들고 있는 듯했다.

『예, 소교주님. 구도장의 이름은 공동파가 있는 감숙성뿐만 아니라, 이곳 섬서성과 사천성까지 알려져 있습니다.』

나는 구도장이라는 노도사에게서 시선을 떼지 못했다. 대중의 분위기에 휩쓸린 것일까?

노도사에게 허리를 숙이며 공경의 예를 갖추고 싶다는 기분이 들었다.

'하지만 색목도왕이 싫어하겠지.'

색목도왕은 감정 없는 눈으로 구도장을 바라보다가, 나의 손에 이끌려 뒤로 걸음을 옮겨 길을 비켜서게 되었다. 모두가 고개를 숙이고 있는데 우리만 허리를 세우고 있는 것도 눈에 띄는 모양새였다.

몇몇 젊은 무인들이 우리에게 눈총을 보냈다. 그때 우리 쪽을 향하는 강렬한 시선이 느껴졌다.

노도사였다.

그가 걸음을 멈추고 우리 쪽을 쳐다보는 게 아닌가?

그때 색목도왕의 어깨 근육에 작은 움직임이 있었다.

색목도왕은 어느새 언제든 그의 도를 꺼낼 준비가 된 것이다.

그 모습은 마치 발톱을 숨긴 채 웅크리고 있는 호랑이처럼 보였다.

색목도왕에게 노도사는 적이었다.

『색목도왕…….』

『멀리서부터 저를 알아보았을 겁니다. 역용술로 얼굴을 감출 순 있어도, 진기는 구도장만 한 고수의 눈을 피해 숨길 수 없습니다. 저자가 어떻게 마음을 먹느냐에 따라, 주위의 모든 이를 상대해야 할지도 모르겠습니다. 그렇게 된다면 소마가 이곳을 맡을 테니 소교주님께선 몸을 피하십시오.』

'모두 다라면……'

슬쩍 훑어보니 무인으로 보이는 자들만 해도 일백 명이 넘었다. 게다가 그 수는 점점 불어나고 있다.

하지만 그들이 내 심장을 뛰게 만들진 못했다.

나는 색목도왕에게 고개를 저어보였다. 최악의 상황이 닥쳐도 걱정하지 말라는 내 의중을 눈빛에 담아 색목도왕에게 보냈다.

어쩔 수 없는 상황에서라면 구도장이라는 노도사도 상대할 수 있다. 인품이나 도량은 입선의 경지에 이르렀을 테지만 무공은 나에 미치지 못한다는 걸 안다.

이곳에 자리한 모두가 내게 덤벼도 나는 지지 않는다.

하지만 노도사를 공격해야 하는 일이 없었으면 하는 바람과 그가 색목도왕의 적이라는 사실이 서로 충돌하면서 날 혼란스럽게 했다.

약간의 혼란 속에서 갈피를 잡지 못하고 있을 때, 설아가 내 손을 잡아주었다. 설아의 온기는 언제나 나를 평온하게 만들어주었다.

설아에게 눈으로 웃어보였다.
다행히도 노도사가 다시 발걸음을 옮기기 시작했다.
색목도왕은 느릿한 발걸음으로 한 걸음씩 지팡이를 짚으며 걸어가는 노도사를 바라보았고, 여전히 무표정한 얼굴을 하고 있었다.
노도사가 다섯 발짝 정도 앞으로 걸어갔을 때, 너털웃음을 터트렸다.
"허허허."
듣는 것만으로도 사람의 가슴에 찬 응어리를 풀어주는 시원한 웃음소리였다.
"너희들은 모르겠느냐?"
노도사가 그의 주위에 있는 네 명의 젊은 도사들에게 물었다.
"무엇을 물으시는 것이옵니까? 스승님."
넷은 동시에 노도사를 향해 고개를 숙였다.
"먼 곳에서 큰손님이 오셨지 않느냐, 헐헐."
"큰손님이요?"
넷 중 하나가 주위를 두리번거렸다. 주위의 사람들도 젊은 도사의 시선을 따라 목을 움직였다.
"그만 가자꾸나. 언젠가는 다시 만나게 될 테니."
노도사가 말하면서 다시 걸음을 옮겼다. 모두가 고개를 숙인 채 노도사의 뒷모습을 바라보며 공경을 표할 때, 나는 조금이라도 더 노도사의 모습을 눈에 담기 위해 눈을 크게 뜨고 있었다.

 노도사가 완전히 시야에서 사라지고 나서야, 사람들은 자리를 떠나기 시작했다. 저마다 노도사가 건넨 쌀알 한 톨을 소중히 간직한 채.

제 2장
혈마 장로

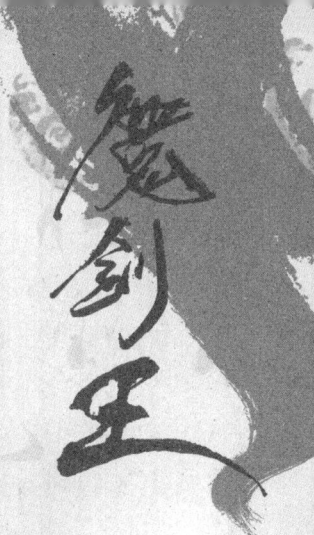

하늘이 어둡다.

저녁이 되지 않았지만, 금방이라도 울음을 터트리려는 먹구름들이 해를 가려 어두워졌다.

확실히 날씨는 사람의 기분을 결정한다.

어두운 하늘과 서늘한 바람은 내 귀환 때문에 들떠 있던 우리 사이의 분위기를 가라앉히고 우리를 감상적으로 만들었다.

성문을 나서기 전 마주쳤던 구도장이라는 노도사의 모습이 한참 동안 어른거렸는데, 우리가 자아내기 시작한 무거운 분위기에 쓸려 그 기억도 흔적도 없이 사라졌다.

나는 하늘을 올려다보다가 설아에게 시선을 돌렸다.

"이제 돌아가는 건가요?"

설아가 그녀답지 않은 무거운 어조로 물었다.

나는 담담히 고개를 끄덕였고, 색목도왕도 비장한 얼굴로 그렇다고 대답했다.

성문을 나와 걸었다.

그때까지도 설아는 이번 귀향길이 크게 신경이 쓰이는 모양인지 그녀의 눈동자가 파르르 떨렸다.

내가 말했다.

"다시 돌아가는 거야. 싫어?"

"그게……."

설아는 쭈뼛거리며 말꼬리를 흐렸다. 사인살마의 목을 베었을 때의 설아와는 대조적인 모습이었다.

'무엇이 걱정되는 거야?'

나는 그런 눈으로 설아를 바라보았다.

갑자기 옆에서 색목도왕의 호통이 터져 나왔다. 색목도왕이 시퍼런 눈동자로 설아를 똑바로 바라보며 말했다.

"설아! 소교주님께서 우리를 믿고, 본교로 돌아가시자는데 이게 무슨 추태냐."

"그, 그런 게 아니에요. 분명히 돌아가는 것은 위험한 일이기도 하잖아요. 다만 저는……."

설아는 고개를 푹 숙였다.

"소교주님께서는 아저씨와 저를 위해서 목숨을 잃을지도 모르는 위험한 길을 가시는 거잖아요. 지금이라도 늦지 않았잖아요……. 복수라면, 할아버지의 복수라면 제가…….”
고개가 설레설레 저어졌다.
아직까지도 설아는 저번의 일을 마음에 두고 있는 것일까? 내가 이쪽 세상의 사람이 아니라 저쪽 세상의 사람이란 것이?
“아니야.”
나는 단호하게 말했다.
“걱정하지 않아도 돼. 나는 강해졌어. 그리고 이건 우리의 일이야. 나를 위해 수많은 분들이 희생하셨어. 그분들에 대한 책임을 다할 그때가 지금인 거야.”
색목도왕의 시선이 혈마교가 있을 저 먼 서쪽으로 향했다.
일장로의 목을 치는 장면을 상상하는 걸까?
이를 악무는지 그의 입술 주위에 심한 주름이 잡혔다.
한 걸음 한 걸음 내딛을 때마다, 머릿속에선 흑웅혈마와 귀영친위대의 죽음이 늘어진 필름처럼 천천히 펼쳐졌다.
어쩐지 피가 차가워지는 기분이었다.
우리는 신강 혈마교로 향하고 있다.
그 사실에 그동안 가슴 한구석에 자리하고 있던 책임감이 스멀스멀 기어올라 어깨에 걸터앉는 느낌이 들었다.
우여곡절이 있었지만 그동안 나는 책임감이라는 놈에게서 도망치지 않았다.
흑천마검을 찾고 십이양공과 명왕단천공을 수련해서, 이렇게 다시 돌아왔다.

하늘은 금방이라도 비를 뿌릴 것 같더니, 결국 소나기를 퍼붓기 시작했다.

마침 거대한 활엽수들이 보였다.

커다란 연잎 같은 나뭇잎들이 아슬아슬하게 비를 막아 주었다. 우리는 나무 앞에 우두커니 서서 비가 그치길 기다렸다. 색목도왕과 나는 남자니까 괜찮아도 설아는 비를 맞게 하고 싶지 않았다.

산비탈 너머로 광활하게 펼쳐진 평야와 도시를 둘러싼 서안의 성벽이 시선에 들어왔다.

이렇게 빨리 비가 내릴 줄 알았으면 노점에서 쉬다가 올 것을 그랬다.

후두두둑.

눈앞에서 비가 떨어지자 그 소리에 가슴이 뚫리는 듯했다. 비는 기온을 한층 서늘하게 만들었다.

"춥지?"

나는 정적을 깨트리며 설아에게 물었다.

설아는 아니라고 대답했지만 정작 몸을 떨고 있었다.

설아의 손을 잡고 십이양공의 내공을 한 줌 불어넣어주자, 설아가 놀란 눈으로 나를 바라보았다.

설아의 얼굴이 금세 온기로 발갛게 달아올랐다. 어깨의 떨림도 멈췄다.

"곧 눈이 내린다고 해도 믿겠어. 갑자기 추워지네. 추우면 언제든지 말해. 지금처럼 따뜻하게 해줄게."

"소교주님……."

설아는 말꼬리를 흐리며 고맙다는 눈빛을 보내왔다.

그런 설아의 모습이 너무나 어여뻐서 꽉 껴안고 싶다는 충동에 휩싸였지만, 앞에 색목도왕이 있어서 이성을 잃지는 않았다.

이쯤 되면 색목도왕이 고개를 돌려 우리를 볼 만한데 고맙게도 서쪽에 시선을 고정한 채로 조금의 미동도 없었다.

"색목도왕."

"예, 소교주님."

색목도왕이 아무런 일도 없었다는 듯 나를 돌아보았다.

"한 가지 묻고 싶은 게 있습니다."

"예."

"교주의 자리에 오른다는 것이 마검과 무공만 있으면 누구라도 가능한 것입니까?"

"다른 조건들도 있습니다만, 다른 것들은 다 겉치레에 불과합니다. 실질적인 요건은 신물과 역대 교주님들의 비전무공입니다."

"그런데 말입니다. 어떻게 일장로가 교주의 자리에 오를 수 있었죠? 마검도 없고 명왕단천공과 십이양공도 익히지 못했지 않습니까?"

"아마 스스로를 교주라 칭하지는 않았을 것입니다."

"그러면?"

"호랑이가 없는 굴에 여우가 왕 노릇을 하고 있는 꼴이겠지요. 신물과 비전무공이 없으니, 당장에 스스로를 교주라 칭하지는 못했을 겁니다."

"당장에는 말이지요?"

나는 색목도왕의 말에 담긴 뜻을 알아차렸다. 색목도왕과 같이 사납게 떨어지는 비 쪽으로 시선을 옮기며 말을 이었다.

"하면 그자는 흑천마검을 찾는 데 혈안이 되어 있겠네요. 더욱이 흑천마검 속에 명왕단천공이 깃들어 있으니까요. 어떻게든 교좌를 차지하긴 했는데 교주라고 할 만한 명분이 없으니 말이죠."

"그럴 겁니다."

"그런데 우리가 먼저 찾았지요? 더군다나 전대 교주의 전승자라는 나를 죽이지도 못했고요?"

나는 회심의 미소를 지었다.

"이제는 우리 차례입니다, 색목도왕."

줄곧 앞을 바라보고 있던 색목도왕이 나를 향해 몸을 돌리고 고개를 숙였다.

십오 분 정도 시간이 흐른 후에 거짓말처럼 비가 개었다.

머리에 묻은 빗방울들을 손으로 털어내는 설아를 바라보다 하늘로 시선을 옮겼다. 비는 내리지 않지만 먹구름들은 여전히 하늘에 남아 해를 가리고 있다.

'허튼 수를 부리면 또 비를 퍼부을 테다.'

하늘의 먹구름들은 그렇게 말하고 있는 것 같았다.

색목도왕이 눈앞을 가린 나뭇잎들을 치워내며 앞으로 한 걸음 내딛었다.

이상한 기분이 들어 색목도왕의 어깨를 건드렸다. 머릿속이 아주 약간 따끔거리는 느낌을 받았기 때문이다.

고개를 돌린 색목도왕과 설아를 바라보며 집게손가락을 입술에 댔다.

'누가 오고 있어.'

육감은 분명히 나에게 이렇게 말하고 있었다.

마음을 가라앉히고 우리 주변의 기운에 집중했다. 그런 다음 조용하게 말했다.

"누군가 오고 있습니다. 수는 스물한 명. 모두가 고수이고 그중 한 명은 특히 강합니다."

이 킬로미터 정도 떨어진 산봉우리를 손가락으로 가리키며 "저쯤이네요."라고 덧붙였다.

그들 모두가 기운을 감추기 위해 내공을 갈무리한 것이 더 수상쩍었다.

더군다나 그들의 기운은 구도장보다는 색목도왕의 무공이 풍기는 기운과 비슷했다.

여기까지 말하고 나자 설아의 얼굴이 반쯤 굳었다. 색목도왕은 전혀 눈치를 채지 못했었는지 뜻밖이란 표정을 지었다.
"소마의 무위로는 감지가 되지 않습니다. 스물한 명의 고수가 은신해서 이쪽으로 오고 있습니까?"
"그들이 흘리는 기운으로 보아 그들은 혈마교의 추격자일 겁니다. 그리고 스물한 명 중 가장 강한 이는 촌각살마단주였던가요? 그자보다 훨씬 강한 기운을 갈무리하고 있습니다."
"촌각살마단주보다 강한 이는, 폐관 중이신 상마들을 제외하고 나면 채 열 명도 되지 않습니다."
"촌각살마단주, 사마혈이 죽었으니 그보다 강한 이를 보내는 게 당연하지 않을까요?"
내겐 두 가지 선택문항이 있다.
피한다.
피하지 않는다.
이 중 후자를 택하기로 했다. 도망쳐 다니기만 했던 예전과는 상황이 달라졌으니까.
"이대로 가죠. 피할 이유가 없습니다."
올 테면 어디 한번 와보라는 심정으로 말했다. 순간 긴장했던 색목도왕과 설아의 눈이 반짝이기 시작했다. 좋은 눈빛이라는 생각이 들었다.
"예! 소마가 앞장서겠습니다."
스릉.
색목도왕이 등 뒤의 도집에서 박도를 꺼내 들었다. 설아도 어느새 낡은 장검을 빼 들고 칭찬받으려는 어린아이 같은 눈으로 나를 바라보았다.

허리춤의 흑천마검에게서 진동이 느껴졌다. 그것을 향해 '넌 나올 일 없으니 꿈도 꾸지 마시지.' 라는 의미로 입꼬리를 올렸다.

우리는 산길을 걸어가면서 입을 굳게 닫고 적의 모습이 드러나길 기다렸다.

나는 그들과의 거리를 가늠하면서, 거리가 좁혀질 때마다 색목도왕과 설아에게 전음으로 귀띔했다.

이윽고 그들의 모습이 시야에 들어왔다.

그들은 산비탈에서 달려오고 있었다.

발이 지면에 닿아 있을 뿐이지 날아오는 것과 다를 바 없을 정도로 그들은 매우 빨랐다.

조그마한 점이었던 그들이 얼굴을 확인할 수 있을 정도로 순식간에 가까워졌다.

탓!

암청색의 무복을 입은 무리가 일제히 뛰어오르더니 우리 앞으로 착지했다.

이제 기운을 감출 필요가 없어졌기 때문에 모두가 보란 듯이 기운을 풀어냈다. 서늘했던 공기가 순간 뜨겁게 달궈지는 느낌을 받았다.

나는 한 박자 늦게 착지한 적색 비단장포를 입은 키 작은 노인을 직시했다.

그가 바로 이 무리의 대장이리라.

나이는 칠십에 가까워 보였고 얼굴은 검었으며 보기에도 뻣뻣하고 두터운 살가죽을 가졌다. 그 가죽 위로 수많은 주름이 보였다.

그리고 고강한 무공을 증명하기라도 하듯 그의 두 눈에선 시퍼런 안광이 일렁였다.

설아가 그의 기운에 놀라 몸을 떨었고, 색목도왕도 잔뜩 긴장한 기색이 역력했다.

『걱정할 것 없습니다. 제가 다 처리하지요.』

나는 둘에게 전음을 보냈다.

설아와 색목도왕을 보호하기 위해 한 보 앞으로 이동했다. 적들의 시선이 그런 내게로 쏠렸다. 하나같이 고강한 무공의 소유자라서, 어둑해진 주위로 서치라이트 같은 안광들이 뿜어져 나왔다.

우뚝 선 그들의 자세에는 강자만이 가질 수 있는 여유와 특유의 신중함이 공존하고 있었다.

물론 단연 돋보이는 자는 키가 백오십 센티미터 정도 되 보이는 노인이었다.

그의 눈에서 흩뿌려지는 내공은 이미 주변을 잠식해 들어가고 있었다.

살아 있는 뱀처럼 꿈틀거리며 우리의 몸을 죄어왔다.

이를 거부하기 위해 색목도왕과 설아가 내력을 일으켰다. 하지만 노인의 내력 외에도 암청색 무복을 입은 무리들의 기운까지 합쳐져 주변에 넘실대고 있었다.

고요했다. 그러나 금방이라도 폭발할 것 같은 강한 긴장이 우리와 저들 사이를 감돌았다.

'하나같이 강해. 특히 저 노인…….'

이가 악물어졌다.

노인은 들고 있던 철지팡이를 땅에 내리찍었다.

쿠웅!

큰 소리가 나며 땅이 깊게 파였다.

우리를 위협하고자 한 행동이 분명했다.

색목도왕과 설아에게는 효과가 있었는지 등 뒤로 둘의 놀란 숨소리가 들려왔다.

나는 한 보 더 앞으로 나갔다.

노인의 무리와 나의 거리는 얼추 이십 보 정도 밖에 떨어지지 않았다.

그때 등 뒤에서 색목도왕의 외침이 들렸다.

"흑야풍(黑夜風)!"

색목도왕이 강한 적개심을 드러냈다.

내력이 실린 색목도왕의 목소리가 산에 쩌렁쩌렁하게 울렸음에도 불구하고, 눈앞의 적들은 미동조차 없었다.

짖을 테면 어디 짖어봐라.

그들은 그런 태도였다.

"흑야풍! 혈마 장로인 당신까지 일장로의 개가 될 줄은 꿈에도 몰랐다."

흑야풍이라는 노인은 혈마교의 다섯 장로 중 한 명으로 밝혀졌다.

그 정도 인물은 돼야 이런 고강한 무공을 지닐 수 있을 것이다. 당연하다는 생각이 들면서도 주먹이 쥐어졌다.

"일장로의 명을 받고 뒤를 쫓아온 것인가? 정말 일장로의 개가 다 되어 버렸어! 오장로 흑야풍이 이리 될 줄이야. 개새끼도 두 어미는 안 두는 법이다!"

색목도왕은 이 노인을 상대할 수 없다.

기린의 내단을 모두 취한다고 해도 불가능할 거란 생각이 들었다. 그만큼 색목도왕과 흑야풍이라는 노인의 무위는 하늘과 땅 차이였다.

일전에 상대했던 촌각살마단주 사마혈과 비교해도 그렇다.

사마혈이 바위라면 노인은 바위산이다.

흑야풍이라는 노인.

그는 분명 내가 이쪽 세상에서 본 최고의 절정고수다.

노인은 색목도왕의 도발에 신경 쓸 필요도 없다는 듯, 나만을 바라보았다. 그의 눈빛이 변하고 있다.

살기가 피어오르고 신중한 적의가 깃든다.

"누군가 했더니 촌각살마단주를 죽인 게 네놈이었군."

노인은 나를 알아보았다.

*　　　*　　　*

 심법을 익힌 이는 기(氣)를 단전이라는 저장 도구를 이용하여 다스리고자 한다. 심법으로 인해 기가 증대될 때마다 기를 저장하는 단전도 커진다.
 그런데 막힘이 오는 때가 있으니, 바로 단전 크기의 한계 때문이다.
 단전이 더 커질 수가 없다는 것은, 달리 말해서 이룰 수 있는 정점을 다 이루었다는 뜻이다.
 만약 그 이상의 경지를 원한다면 앞서 말했던 축기의 방법으로는 이룰 수 없다.
 단전을 최고 용량으로 만들었을 때, 신체는 더는 기를 원하지 않는다.
 아직 축기의 단계에 머문 자들의 신체는 숨을 쉬고 내뱉는 것 외에도 몸의 구멍들, 예를 들어 세밀한 땀구멍에서조차 자연의 기를 빨아들여 부족한 기를 보충하고자 하는데, 그 단계를 넘어선 이들의 신체는 축기의 필요성을 느끼지 못한다.
 지금의 내 몸이 그렇다.
 체내에 갈무리된 기운들이 몸에서만 맴돌며 콧구멍이나 땀구멍으로 나가질 않으니, 다른 사람이 볼 때 나는 심법을 익히지 않은 평범한 사람으로 보인다.

이것이 바로 반박귀진의 정체다.

그런데!

절정고수의 눈은 피할 수 없다는 건가?

흑야풍이라는 혈마 장로는 내 정체를 단박에 알아보았다.

"타계하신 교주님과는 무슨 사이지? 소싯적 교주님과 매우 흡사하군."

혈마 장로는 누런 이빨을 드러내며 물었다.

구슬만 한 눈동자가 나를 쳐다보는데 눈을 꿰뚫는 것 같은 날카로운 눈빛이었다.

그 눈빛에는 '넌 대체 누구냐!' 같은 많은 질문들이 담겨 있는 것 같았다.

왠지 그는 혼란스러워 보였다.

그때 등 뒤에서 색목도왕의 외침이 터져 나왔다.

"흑야풍! 본교의 소교주님이시다. 언행이 방자하다!"

"시끄럽다."

나지막한 목소리였다. 색목도왕과는 달리 내력이 실리지 않은 음성이었지만, 무거운 위압감이 잔뜩 묻어나왔다.

"직접 대면하고도 모르는가?"

"교주님의 진전을 이었다지? 그런 것 같기도 하군. 어린 나이에 이런 내공을 지니다니. 그 말 외에는 달리 설명할 방법이 없지. 얼굴까지 닮은 걸 보니, 숨겨둔 자식이었나?"

말은 색목도왕을 향해 하고 있는데 시선은 내게서 떠나질 않는다.

"하면 어째서 일장로의 반란에 동조한 것이냐?"

"반란?"

혈마 장로는 "큭."하고 웃었다.

"교좌가 빈 지 십 년이라는 세월이 흘렀다. 그동안 정마교는 어떻게 되었느냐? 교주님께서 짓밟아놓았던 놈들이 이제는 우리를 위협할 정도로 컸다. 더는 빈 교좌를 묵과할 수만은 없다는 걸 네놈도 잘 알고 있을 터."

"그래서 네가 한 선택이 일장로인가?"

색목도왕의 목소리가 점점 높아지더니 결국엔 땅을 뒤엎어버릴 것만 같은 엄청난 소리에 도달했다.

그에 따라 혈마 장로의 수하, 이십 명의 기운도 거칠어져갔다. 이제는 그들도 적의를 감추지 않고 그대로 드러낸다.

그들은 성난 도사견처럼 혈마 장로란 주인의 명이 떨어지면, 곧바로 우리를 물어뜯을 기세였다.

"교주님이 타계하신 이후로, 일장로는 본교 최고 상마(上魔)이자 제일의 고수다. 더 무슨 말이 필요하느냐?"

"혈마노파께서도 그러하신가?"

혈마노파?

처음 듣는 이름이다.

"그분께서도 차차 본교의 뜻을 이해하실 게다."

"서, 설마?"

색목도왕의 목소리가 부르르 떨렸다.

혈마노파가 누구인지는 몰라도 색목도왕에게는 소중한 사람인 것만은 분명하다는 생각이 들었다.

"어찌 그분을 죽일 수 있겠느냐. 이제 잡설은 그만두자꾸나. 우호법. 노부가 직접 온 만큼, 본교의 대의에 따라 너희들의 목을 내어 주어야겠다."

혈마 장로는 나를 빤히 쳐다보며 말했다.

분명 내가 자신 못지않은 내공의 소유자라는 것을 알고 있는데도, 그는 조금의 긴장도 없었다. 오히려 눈빛이 더욱 차분해졌다.

나는 줄곧 닫고 있던 입을 열었다.

"조금 전의 그 말. 후회하게 될 겁니다."

보란 듯이 더욱 내력을 일으켰다.

기운은 흡사 바람처럼 몸에서 밖으로 밀려나갔다.

십이양공으로 후끈 달궈진 열풍(熱風)!

겨우 형색만 유지하고 있던 흑야풍의 흰 머리카락들이 바람에 쓸렸다. 그것들 사이로 냉정한 눈빛이 서린 흑야풍의 눈동자가 보였다.

내 내력을 보고도 그는 침착했다.

반면에 혈마 장로의 수하들은 몸을 움찔거렸다. 그러고도 병기를 빼 들지 않고 대기하고 있는 모습에서, 그들이 잘 조련

된 도사견이 분명하다는 생각이 들었다.
 "교주님을 닮은 얼굴에 본교의 무공이라……. 신물까지 있으면 교주 자리도 욕심낼 수 있겠구나."
 혈마 장로는 나를 비웃듯이 말했다.
 나는 혈마 장로를 노려보며 마지막 제어장치를 풀었다.
 몸 안에서 철커덕 하고 뭔가가 열리는 느낌이 드는 순간, 십이양공의 극한 공력이 밖으로 분출되었다.
 붉은 실오라기가 어깨와 정수리 위로 피어오르는 것을 시작으로, 화아악 하고 내 몸에서 불어나온 열풍은 더욱 거세졌다. 줄곧 주인의 명령을 기다리고 있던 도사견들이 이번만큼은 놀란 모양인지, 검을 빼 들고 조용히 앞으로 나와 주인을 감쌌다.
 그 안에서 혈마 장로가 철지팡이를 짚으며 나왔다. 혈마 장로는 나를 노려보며 말했다.
 "재미있군. 물러서라. 너희들이 상대할 수 있는 이가 아니다."
 수하들은 혈마 장로의 말이 떨어지자마자 뒤로 스르르 물러났다. 혈마 장로가 철장(鐵杖)을 짚으며 한 보 앞으로 나왔다.
 나 역시 움켜쥔 주먹에 더욱 힘을 주며 발을 내딛었다.
 벌써부터 우리의 싸움은 시작되고 있었다.
 서로가 뿜어내는 기운들은 한데 뒤엉켰다.
 혈마 장로와 나 사이에 있던 바위나 돌멩이 같은 것들은 바스러지며 바람에 나부꼈다.

그의 내공은 색깔로 말하자면 검은색이었다. 칠흑같이 어둡고 음산하며 죽음의 기운이 서려 있다.

화락!

혈마 장로의 백발이 하늘로 치솟았다. 동시에 혈마 장로의 눈이 달라졌다.

'널 죽이러 왔다.'

혈마 장로의 눈동자에서 사신의 속삭임이 들렸다.

철장이 움직였다.

"쉐엑."하고 철장이 허공을 가르는 소리가 '죽어라!' 하고 말하는 것처럼 들렸다. 검은 기운에 휩싸인 그의 철장은 산도 부셔 버릴 기세였다.

그때 내 눈도 부릅떠졌다.

명왕단천공의 삼식이 어우러져 잠들어 있던 근육을 깨웠다. 다리의 대퇴직근 쪽으로 공력이 쏠렸다. 대퇴직근은 압축된 스프링이 한 번에 펴지듯이 힘을 분출했다.

탓!

지면을 박차 허공으로 몸을 띄우며 어깨를 뒤로 젖혔다. 오른 팔꿈치의 위쪽, 상완근이 수축됨을 느꼈다. 뜨겁게 달궈진 공력이 상완근 쪽으로 밀려왔다.

나를 올려다보는 혈마 장로의 면상이 보였다.

그곳이 바로 명왕단천공의 타격점이다.

수축된 상완근에 몰려 있던 공력들이 일제히 주먹으로 쏠려 나갔다.

무공을 펼치는 내가 놀랄 정도로 강한 힘이 실려 있어 속으로 깜짝 놀랐다.

'이게 바로 명왕단천공이다.'

내력은 비등할지라도 나의 명왕단천공은 혈마 장로의 무공을 뛰어넘는다.

흑야풍이 지닌 무공이 어떤 것이든지 간에 이번 공격으로 십성에 이른 명왕단천공의 강함을 증명하리라!

파팍.

턱을 벌린 흑룡처럼 철장이 내 쪽으로 치켜 올라와 주먹을 가로막았다.

혈마 장로의 강한 공력이 철장을 타고 느껴졌다. 전기에 감전된 것 같은 따끔함이 일었지만, 내 얼굴을 일그러트리지 못했다. 오히려 오기가 북돋았다.

나는 혈마 장로의 놀란 얼굴을 보면서 주먹을 거두지 않았다. 그러면서 그를 향해 속으로 말했다.

'후회하기엔 늦었습니다.'

혈마 장로가 급히 철장을 자신의 얼굴 쪽으로 끌어당겼다. 그런 후에 철장에 더한 공력을 실어 내 팔을 옆으로 밀어내리고 했다. 어림도 없는 일이다.

내뻗은 주먹은 꼿꼿하게 혈마장로의 얼굴을 향해 날아갔다.

내 주먹이 장로의 얼굴에 작렬하려는 순간이었다.

스르르.

혈마장로의 신형이 미끄러졌다. 그 순간 그의 지팡이가 유연해지더니, 허공을 유영하며 내 주먹을 휘감았다.

나는 땅으로 착지하며 주먹을 끌어당겼다.

장로의 철장도 찰거머리처럼 딸려왔다. 그러더니 팔꿈치를 휘감고 어깨를 타고 올라와 내 목을 노리는 것이었다. 고개를 뒤로 젖히자 날카로운 기운이 바로 앞을 스치고 올라갔다.

어디선가 "콰와왕!"하는 굉음이 울렸다.

나는 어깨를 튕겨 철장을 몸에서 떨어트렸다. 그 즉시 좌측으로 미끄러져 내린 장로를 향해 명왕단천공이 알려주는 수법대로 오른 주먹을 휘둘렀다.

"흐읍."

장로의 입에서 쉰 소리가 흘러나왔다. 장로가 고개를 숙였다.

주먹에서 뻗친 공력이 목표물을 맞히지 못하고 뒤로 쭉 뻗어 나갔다. 수많은 나무들이 불길에 휩싸여 도미노처럼 넘어졌다.

혈마 장로가 이번에도 미끄러지며 몸을 움직이려 하자 오른발로 그의 이동경로를 막았다.

그의 얼굴이 잔뜩 일그러졌고 그 순간에도 내 공격은 계속되고 있었다.

팍팍팍.

장로의 철장이 바빠졌다.

하지만 그가 알까? 내 공격은 이제 시작이란 것을.

장로의 철장과 내 주먹은 사정없이 교차했다. 그때마다 사방에서 폭발음이 끊임없이 들려왔고 지면은 무너져 내렸다.

내 공격은 불과 같았다. 조그마한 불씨도 조금만 지나면 사람만 한 크기로 커지다 집 전체를 태우고, 급기야 사방으로 번져 산 전체를 잡아먹기까지 한다.

처음에는 반격을 하는가 싶었던 혈마 장로가 이제는 내 공격을 방어하기에만 급급했다.

쭈글쭈글한 주름살 위로 식은땀들이 송골송골 맺혔다.

주먹과 철장이 부딪치는 소리가 날 때마다, 장로의 얼굴은 더욱 일그러졌다. 강자의 여유가 가득 넘쳤던 그 얼굴이 말이다.

그럴수록 내 주먹에는 힘이 들어갔다.

장로의 입장에선 이 순간이 매우 힘겨울 것이다.

이제 끝낼 때가 왔다.

나는 허리를 노리고 오는 장로의 철장을 튕겨냈다. 바로 이것을 기다렸다.

오른 주먹을 장로의 정수리를 향해 내리꽂았다. 십성 공력이 모조리 실려 있어 사방이 심하게 진동했다.

장로는 허겁지겁 몸을 비틀었다. 꺾었는가 싶었겠지만, 내 주먹은 그의 어깨에 틀어 박혔다.

　장로의 공력이 내 공격에 실린 공력에 반발하여 튀어 올라오는 게 느껴졌다.

　내 주먹이 완전히 작렬하자 장로의 몸이 무너졌다. 무릎을 꿇으며 "커억." 하고 흑혈을 토해냈다.

　철그랑.

　움켜쥐고 있던 철지팡이도 놓쳤다.

　'끝내자.'

　빈약해진 장로의 뒷머리를 보며 생각했다. 나와 색목도왕 그리고 설아를 죽이려고 뒤쫓아 온 자. 흑웅혈마와 귀영친위대를 죽인 자들과 한 무리인 자.

　그는 그런 사람이다.

　'망설이지 말자.'

　열기로 뜨거워진 몸과는 달리, 내 이성은 얼음처럼 차가워졌다.

　마지막 마무리를 하기 위해 그의 뒷머리로 주먹을 내리꽂으려고 할 때였다.

　"소교주님!"

　색목도왕의 급한 음성이 들렸고, 위쪽에서는 검기가 소나기처럼 쏟아져 내렸다.

　혈마 장로의 수하들이다.

　"피해 계십시오!"

도와주러 오는 색목도왕과 설아에게 외치며 나는 팔을 휘둘러 검기를 쳐냈다. 미안하지만 이 상황에서 색목도왕과 설아는 짐에 불과하다.

탓!

곧장 땅을 박차고 혈마 장로의 수하들을 향해 날아올랐다. 모두가 살기등등한 눈으로 검기를 흩뿌리며 달려들었지만, 그 모습이 내 눈에는 흑당으로만 보여 왠지 웃음이 나왔다.

당장 나를 향해 검을 내지르는 셋을 향해 명왕단천공의 수법대로 팔을 휘둘렀다.

"커억!"

셋이 한 번에 밑으로 추락했다.

그 뒤를 이어 다른 놈들이 달려들었지만 이번에도 마찬가지였다.

하나하나 강하고 날카로운 공격인 것만은 분명했지만, 나는 쉽게 놈들의 공격을 튕겨내며 각각의 가슴에 일권을 먹였다.

놈들이 토해낸 피가 얼굴로 튀겼다.

땅으로 착지했다.

얼굴에 묻은 피를 손등으로 닦아 내고 앞을 바라보았다.

사방이 잿더미가 되어 버린 나무와 바스러진 바위 파편들로 엉망이 되었고 지면에는 커다랗게 뚫린 구멍으로 가득했다.

그 위로 지지대를 잃어버린 마네킹처럼 쓰러진 혈마 장로의 수하들이 보였다. 그들이 내는 신음소리가 요란했다.

이제 남은 인원은 처음 나타났던 인원의 반절도 되지 않았다. 아직 서 있는 이들이 용케도 전의를 상실하지 않고 나를 향해 검을 겨누고 있었다.

나는 잠시 뜸을 들였다. 도망칠 사람은 도망치라고 내버려 둔 것이었지만 누구도 그럴 마음이 없어 보였다. 바로 이 자리에서 죽고자 하는 것이다.

괘씸하다는 생각이 들었다.

'그렇게 원한다면……'

정면의 한 놈을 찍어두고 놈을 향해 몸을 날렸다.

놈들이 빠르게 움직여 합진을 이루었다.

나는 진 한가운데로 뛰어들었다. 그들은 기다렸다는 듯이 일제히 나를 향해 검을 찔러왔다. 얼굴, 목, 가슴, 허리, 다리 노리지 않는 곳이 없었다.

그때 지왕세(地王勢)와 수라세(修羅勢)와 참두세(斬頭勢). 명왕단천공 삼식이 뇌리에서 번쩍였다. 제자리에서 땅을 박차며 몸을 회전시켰다.

그러면서 내 눈에 포착된 순서대로 한 놈씩 일권을 먹이며 하늘로 날아올랐다. 지면에 착지했을 때는 내게 검을 겨누는 자가 없었다.

모두가 바닥에 쓰러져서 피를 토해내고 있었다.

나는 열 보 정도 떨어진 곳에서 몸을 일으키려고 하는 혈마 장로에게로 향했다. 혈마 장로는 무릎을 꿇고 손으로 땅을 짚은 자세를 한 채 나를 올려다보았다.

큰 내상을 입어 낯빛이 희고, 입꼬리로 검은 피 한 줄기가 흘러내리고 있었다.

"본교의 무공을 익힌 줄은 알았지만…… 쿨럭!"

장로는 피를 한 움큼 쏟아낸 후 말을 이었다.

"며, 명왕단천공일 줄이야."

내 허리춤에 달린 흑천마검을 바라보며 말했다.

"그 검을 썼다면 더욱 쉬웠을 텐데…… 어째서 쓰지 않았던 것인가? 검을 쓰지 않아도 나를…… 우리를…… 이길 수 있기 때문이었나? 이제 그 검으로 내 목을 베려는 것인가?"

장로는 혼란스러운 듯이 중얼거렸다.

장로의 시선이 머물렀던 허리춤의 흑천마검을 내려다보았다. 검집을 감싼 천은 격한 싸움으로 인해 반쯤 타 버려서, 검집이 어느 정도 드러나 있었다.

나는 불쾌한 얼굴로 흑천마검을 가리고 있던 검은색 천을 떼어내며 말했다.

"왜 쓰지 않았냐고? 위험해서다."

그 순간 반쯤 감겨 있던 혈마 장로, 흑야풍의 눈이 번쩍 떠졌다. 그 어느 때보다 또렷한 눈동자로 흑천마검을 바라보던 혈마 장로의 입에서 "아!" 하는 탄성이 터져 나왔다.

혈마 장로의 손끝부터 시작한 떨림이 온몸으로 번졌다.

"그…… 그 검은!"

혈마 장로가 고개를 들어 나를 쳐다보았다. 직접 보고도 믿지 못하겠다는 얼굴이었다.

"본교의 신공에 신물까지…… 정녕 소교주이신 겁니까?"

내가 뭐라 대답하기도 전에 혈마 장로가 황망히 고개를 숙이며 외쳤다.

"지유본교. 천유본교. 천세만세. 마유혈교! 오장로 흑야풍. 소교주님을 뵈옵니다."

갑자기 주위가 조용해졌다.

인기척이 느껴져 뒤로 고개를 돌렸다. 쓰러져 있던 혈마 장로의 수하들까지 부상당한 몸을 반쯤 일으켜 내게 고개를 조아리고 있었다.

"쉬이."

내뱉는 숨소리가 몹시도 무겁다. 오장로 흑야풍과 수하 이십여 명은 한 명도 빠짐없이 가부좌를 틀고 앉아 역류하려는 기운을 다잡고 있다.

그 과정에서 내상이 극심한 자들은 안색이 새파래졌다가 붉어지기도 하고 누렇게 뜨기도 했다.

내가 부상 입힌 자들을 보호하기 위해 자리를 지키고 있다니?

상황이 이상해졌다.

이런 내 얼굴을 읽은 설아가 물었다.

"왜 그러셔요?"

"조금 전까지만 해도 이들은 우리를 죽이려고 들었던 자들이지. 믿을 수 없어."

"소교주님을 본교의 교좌에 오르실 분으로 인정하고, 교언을 읊으며 혈마신의 이름 앞에 충성을 맹세했어요. 본교로 돌아가면 모두 다 소교주님의 수족이 될……."

설아는 말꼬리를 흐렸다.

설아의 눈이 나를 향하고 있었지만 상념은 다른 곳에 가 있었다. 나는 설아가 무슨 생각을 하고 있을지 추측해서 말했다.

"할아버지의 복수를 해야 되지 않아? 혈마교로 돌아가면 저 자들은 물론이고, 흑웅혈마를 죽음에 이르게 한 모든 이들에게 복수를 하게 해줄게."

설아가 고개를 설레설레 저었다. 하지만 그 전에 조금은 망설였던 기색이 비춰졌다.

"그렇게 되면 본교엔 소교주님밖에 남지 않게 되요. 저는 본교의 손과 발이 모두 잘려 나가길 원치 않아요. 할아버지의 죽음은."

설아는 울지 않으려는 듯 눈을 부릅뜨며 말했다.

"그저 한 사람. 일장로 벽력혈장이 벌인 일이에요. 그자만큼은 용서할 수 없어요."

나는 설아에게 고개를 끄덕여 보였다. 설아가 눈물 머금은 눈으로 빙그레 웃어 보인 후, 오장로와 그 무리들로 시선을 돌렸다.

 손가락으로 눈을 문지른 설아는 오장로와 그 무리들을 잃어버렸다가 되찾은 애장품이라도 되는 것처럼 바라보고 있었다.

 색목도왕도 설아와 다를 바 없었다. 지금은 고목 끝에 올라 접근하는 자가 없는지 경계를 서고 있지만, 바로 조금 전까지만 해도 명왕단천공과 혈마교 그리고 교좌에 대해서 떠들어대던 그다.

 주위를 살피고 있는 색목도왕의 모습이 꼭 다큐멘터리에서 보았던 미어캣처럼 보였다.

 덩치가 큰 미어캣이 내 시선을 느끼고는 슬쩍 나를 보며 미소 지었다.

『아직까지는 아무도 시선에 들어오지 않습니다.』

 색목도왕이 전음을 보내왔다.

 오장로와 그 수하들과의 전투.

 분명히 격렬한 전투였고 가시적인 싸움의 흔적도 대단했다.

 일대가 천재지변이라도 당한 것처럼 무너져 내렸고 갈라졌으며 수십 개의 큰 구덩이가 생겨났다.

 나무는 시커멓게 변해 쓰러졌다. 바위도 수십 개의 돌멩이로 나뉘어졌다.

 색목도왕은 이곳 서안까지가 구파일방 중 한 곳인 공동파의 영역이라고 했다.

 그렇기 때문에 더욱더 서안성 안에 있을 공동 진인 구도장과 다른 정파 무리들의 접근을 막아야 한다고 말했다.

혈마 오장로 흑야풍이 운기조식을 마치고 비틀거리며 일어섰다. 내상을 전부 다스리진 못했을 것이지만, 그래도 급한 대로 움직일 수는 있을 정도로 치유가 됐을 게다.

흑야풍이 철장을 짚으며 다가와 내게 포권을 취했다. 설아는 이번에도 그 모습을 보며 빙그레 웃었다.

"괜찮습니까?"

내가 물었다.

"예, 소교주님."

"물어볼 게 많습니다. 아시죠?"

나는 흑야풍이 움직이고 말을 할 수 있을 때까지 계속 기다려왔다. 하늘을 보니 이미 밤이고, 설아의 기린석같이 밝은 달이 떠 있었다.

그를 기다린 지 못해도 두 시간은 흘렀을 것 같다고 생각하며 흑야풍을 바라보았다.

"예. 무엇이든 하문하십시오."

"아무튼 자리를 옮겨야 할 것 같은데."

나는 거목 위의 색목도왕에게로 고개를 돌리며 말했다.

"그러면 우선 흑야풍의 수하들도 이동할 수 있는지 확인해 주시겠습니까?"

"소마(小魔)의 수하들이라니요. 소마뿐만 아니라 모두가 소교주님의 하교(下敎)들입니다."

그렇게 수하들에게로 고개를 돌린 흑야풍은 일노귀라는 사십대 남성을 불렀다.

그는 오장로단의 단주로, 내상으로 인해 얼굴이 사색이 되었으면서도 절도 있는 동작으로 걸어왔다. 그런 다음 우리 앞에 한쪽 무릎을 꿇고 고개를 조아렸다.

"모두들 상태가 어떠한가?"

"십이노귀와 십칠노귀, 이십노귀를 제외하고는 모두 운신이 가능합니다."

"지금 이동할 것이다."

내가 말릴 틈도 없이 그 셋은 다른 동료들의 어깨에 들쳐 메졌다.

산을 다 내려왔을 무렵이었다.

흑야풍이 귀신이 나올 것만 같은 사당 안으로 우리를 안내했다. 사람들이 떠난 지 오래된 곳인지, 이쪽 세상의 사람들이 믿는 토지신의 석상이 이끼로 덮여 있었다.

인적이 끊긴 폐가가 되어 버린 사당이었는데 정작 바닥에는 생긴 지 오래되어 보이지 않는 발자국 수십 개가 찍혀 있었다. 나는 의문스러운 눈으로 흑야풍을 바라보았다.

흑야풍이 황급히 대답했다.

"섬서로 온 건 소마뿐만이 아니었습니다. 소마는 삼장로와 단원들을 이끌고 같이 이곳까지 왔습니다."

"이게 그들의 발자국들이고요?"

"예."

나는 색목도왕을 흘깃 쳐다보았다. 삼장로라는 또 다른 혈마 장로의 이야기가 나왔기 때문에 색목도왕의 눈동자가 또렷해졌다.

흑야풍에게 질문을 하기 전에 앞서, 오장로단 이십 명에게 편히 쉬고 내상을 치유하도록 명을 내렸다.

오장로단 이십 명이 각자 자리를 잡고 가부좌를 틀고 앉는 걸 보며, 흑야풍에게 물었다.

"하면 지금 삼장로는 어디에 있죠?"

"소화산에 있을 것입니다."

소화산!

바로 흑천마검을 찾은 그곳의 지명이 흑야풍의 입에서 나왔다. 색목도왕이 사당의 열린 문이 신경 쓰였는지 결국 문을 닫고 돌아왔다.

"우리를 찾기 위해서요?"

"아닙니다, 소교주님. 삼장로는 신물을 찾고, 소마는 소교주님을 찾기로 되어 있었습니다."

하지만 흑천마검은 우리가 찾았다.

그렇게 생각하며 내가 살짝 입꼬리를 올렸을 때, 옆에서 색목도왕의 큰 웃음소리가 터져 나왔다. 색목도왕의 웃음소리에 기분이 나빠진 흑야풍이 눈을 치켜떴다. 색목도왕이 비웃듯이 말했다.

"오장로. 말이 된다고 생각하시오? 설사 신물을 찾았다고 해도 어떡하시려 했소?"

"……"

"신물이 주인을 스스로 섬긴다는 것을 오장로와 삼장로는 물론이거니와 특히, 일장로 벽력혈장도 알고 있을 것 아니오? 어찌 신물을 찾아 취할 생각을 했는지 우습소이다. 신물은 그런 물건이 아니오."

"그렇다네. 우리도 일장로에게 그렇게 말했네."

흑야풍이 분한 듯 얼굴을 일그러트리며 대답했다.

"우리라면?"

내가 물었다.

"이장로부터 소마까지를 말하는 것입니다. 하지만 일장로는 전대 교주님이 타계하셨으니 본교의 신물을 되찾아야 한다고 말했습니다. 어떻게든 신물을 되찾아와, 후에 교좌에 오르실 분을 정했을 때, 그 자격이 있는지 신물에게 묻고자 함이었습니다."

흑야풍의 대답을 들은 색목도왕이 팔짱을 끼며 고개를 저었다.

"신물이 스스로 주인을 섬긴다는 것을 모르시고 그러는 것이오? 주인이 아닌 자는 신물을 만질 수도 없소. 하물며 되찾아 올 생각을 하다니. 혈마 장로들이 일장로의 명령에 따르는 것만큼이나 얼토당토 안 되는 일이외다. 일장로는 스스로 교좌에 오르려고 하는 것이오."

"교좌가 십 년이 비었네. 실제로 교주님은 타계하셨고! 우호법, 호시탐탐 우리를 노리는 정마교 놈들을 가만히 두고 보란 말인가? 본교에는 하교들을 이끌어줄 강력한 지도자가 필요했네. 교좌에 누군가는 앉아 있어야 했……. 쿨럭."

흑야풍이 말을 끝마치지 못하고 피를 토했다.

내가 물었다.

"괜찮으십니까?"

"예, 소교주님."

"그만하시고 우선 몸을 추스르시지요."

"괜찮습니다."

흑야풍이 입가의 피를 훔치며 대답했다.

"우리 장로들에게 잘못이 있었다는 걸 인정하네. 이렇게 버젓이 본교의 소교주님이 계셨으니 말일세."

흑야풍은 색목도왕에게서 내게로 시선을 돌리며 고개를 숙였다.

"본교로 돌아가면 어떤 벌이든 달게 받겠습니다."

적에서 나의 수하로 변해 버린 이 노인을 어떻게 대해야 할지 감이 잡히지 않는다.

죽음을 면하고자 내 편으로 들어온 것일까?

아니면 진심으로 나를 소교주라 생각하고 그러는 것일까?

독심술이 없는 나로선 흑야풍의 속내를 알 수 있는 방법이 없었다. 하지만 흑천마검을 보며 경악했던 흑야풍의 얼굴을 떠올려보면, 내게서 교좌의 정통성을 찾은 게 아닐까 조심스레 추측해 볼 수 있었다.

흑야풍이 말했다.

"삼장로도 신물이 소화산에 없다는 것을 알게 될 것입니다. 그리고는 이곳으로 돌아오겠지요. 그때가 되면 그 역시 우리가 어떠한 잘못을 저질렀는지 알게 될 것입니다."

"무슨 말인지 알겠습니다. 혈마 장로들의 과오에 대해선 추후에 본교로 돌아가서 이야기하기로 합시다. 하지만 일을 이렇게 만든 일장로만큼은 용서할 수가 없군요. 그 때문에 너무 많은 사람이 희생되었습니다. 귀영친위대가 죽었고 흑웅혈마가 죽었습니다."

뒤에서 설아의 숨소리가 들렸다. 흑웅혈마의 이름이 나올 때마다 설아의 슬픔이 느껴졌다.

"소교주님."

흑야풍이 의문어린 눈으로 고개를 들었다.

"말씀하세요."

"귀영친위대는 모두 죽었습니다. 허나…… 흑웅혈마는 죽지 않았습니다."

"뭐라고요?"

설아의 목소리가 매섭게 튀어나왔다.

제 3장
팜므파탈

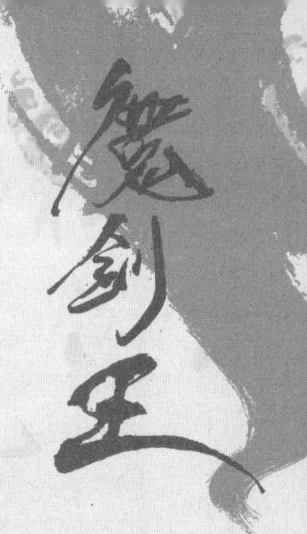

"제물이라니요?"

"예. 흑웅혈마는 혈마께 제물로 받치기 위해, 실혼(失魂) 상태로 만들어두었습니다."

혈마 장로 흑야풍이 말했다.

혈마는 누구고 제물은 무엇이란 말인가?

나는 어리둥절한 얼굴로 색목도왕을 쳐다보았다. 설명을 해달라는 의도였는데, 색목도왕과 설아는 넋을 잃은 사람처럼 흑야풍만 바라보고 있었다.

내가 색목도왕의 이름을 짧게 부르자, 흐려졌던 그의 눈이 본래대로 돌아왔다.

색목도왕이 흑야풍에게로 성큼성큼 다가가 분노를 터트렸다.

"흑웅혈마가 육혈제(肉血祭)의 제물이 된다는 말이오?"

색목도왕의 불끈 쥔 주먹이 부르르 떨리고 있었다. 설아도 몸을 파르르 떨면서 입만 뻥끗거렸다. 매우 놀라서 말이 나오지 않는 모양이었다.

"그때는 교주님이 타계하셨음에도 새로운 혈마의 자손께서 나타나지 않으셨으니, 모두 유래가 없는 일이라 여기고 육혈제를 올려 혈마신의 말씀을 듣고자 했네."

색목도왕이 시뻘게진 얼굴로 뭐라 하려고 하자, 흑야풍이 나를 돌아보며 말했다.

"물론 틀렸다는 것을 아네. 이렇게 소교주님이 계시지 않은가. 이 모든 건……."

"압니다. 일장로 때문에 벌어진 일이지오. 하지만 장로들께서 일장로에게 동조하지만 않으셨어도, 이런 사태는 벌어지지 않았을 것이오! 실혼이라니! 제물이라니!"

그때 갑자기 설아가 흐느껴서 대화가 중단되었다. 나는 그 자리에 주저앉은 설아에게 다가갔다.

넋을 잃고 충혈이 된 설아의 눈을 보면서 무슨 말을 해줘야 할지 몰랐다.

정확히는 색목도왕과 흑야풍이 나누고 있는 대화부터가 내가 모르는 영역이었다.

무릎을 굽히고 앉아 설아를 품에 끌어안았다. 작은 몸은 내게로 안겨와 부르르 떨었다.
"이게 대체 무슨 일입니까?"
흑야풍에게 따지듯이 물었다.
"소마가 설명하겠습니다, 소교주님."
색목도왕이 포권을 취하며 입을 열었다.
혈마교는 힘이라는 약육강식의 지배원리를 바탕으로 하는 곳이다.
이쪽 세상의 수많은 무림문파들도 그렇지만, 혈마교는 절대적으로 힘을 숭상한다.
색목도왕의 설명을 듣고, 혈마교가 힘을 절대적으로 숭상하게 된 배경에는 종교적인 이유가 있음을 알 수 있었다.
이것은 그동안 내가 간과하고 있던 사실이었다.
혈마교는 힘을 바탕으로 존재하고 있지만 무림문파가 아닌 종교집단이라는 사실 말이다.
혈마라는 신, 교주라는 혈마신의 자손, 혈마신의 말씀을 듣는 혈마노파, 혈마교의 교리대로 혈마신에게 가까이 다가가기 위해 힘을 숭상하는 혈마교도.
혈마교는 이렇게 이루어져 있다.
거기다 혈마교의 총체가 있는 혈산 주위로 열 개의 도시가 있는데, 이 도시의 주민들은 혈마교를 믿고 혈마교주의 지배를 받는다.

즉 혈마교는 무림문파처럼 보이나 실제적으론 종교단체고, 그들이 열 개의 도시를 실질적으로 통치하고 있어 혈마교는 조그마한 종교국가나 다름없었다.

물론 지금 중요한 건 그것이 아니다.

아즈텍 문명을 다루었던 영화가 번뜩 떠올랐다.

강렬한 태양. 그 아래 빼곡하게 모여든 수많은 백성들. 제단에 오른 산 제물. 제사장은 산 제물인 사람의 심장을 꺼내 보란 듯이 높이 치켜든다. 그리고 광기어린 함성이 일제히 터져 나온다.

'안 돼!'

구해야 한다.

나는 급히 몸을 일으키며 물었다.

"그래서요? 장로의 말대로라면, 흑웅혈마가 실혼되었지만 아직 살아 있고 곧 제물로 바쳐질 예정이라는 것 아닙니까? 언제입니까? 육혈제가 열리는 시기 말입니다."

설아의 흐느낌에 감정이 동요되어 말에 내공이 실렸다. 내 목소리가 사당 안에서 크게 윙윙거렸다.

흑야풍은 내 목소리에 담긴 공력에 내상이 도져 신음을 흘리며 고개를 숙였다.

"달포쯤 남았습니다."

그 말에 설아의 울음이 더욱 커졌다.

"소마와 삼장로도 이번 임무의 성공 여부를 떠나 그때까지

본산으로 돌아가기로 되어 있었습니다."

한 달이 조금 넘게 남았다?

색목도왕은 질색한 얼굴로 나를 바라보았다.

나는 색목도왕에게 다급하게 물었다.

"여기서 본교까지 거리가 얼마나 되지요?"

"반만 리가 넘습니다."

십 리가 사 킬로미터라는 걸 생각해 보면 이천 킬로미터가 넘는다는 말이다. 어마어마한 거리에 머릿속이 새하얘졌다.

"얼마나 걸리죠?"

"쉬지 않고 이동했을 때, 한 달쯤 걸립니다."

색목도왕이 말하는 '쉬지 않고 이동'이라는 것이 어떤 것인지 겪어본 적이 있다.

십이양공을 익히기 전, 혈마교의 추격을 피해 도망치던 그때가 떠올랐다.

머릿속으로 생각을 마치고 설아를 부축하여 일으켰다. 그리고는 두 눈이 벌게진 설아에게 속삭이듯 말했다.

"걱정하지 마. 무슨 일이 있어도 구해낼 테니까."

그러면서도 마음속으론 시간이 없다는 생각뿐이었다.

설아가 힘없이 고개를 끄덕일 때, 밖에서 큰 기운을 지닌 자를 필두로 한 무리가 접근하고 있는 게 느껴졌다.

"삼장로가 옵니다. 문을 열어두죠."

나는 짧게 말했다.

흑야풍은 잠시 말이 없다가, "예."하고 대답하며 일노귀에게 손짓했다. 일노귀가 사당 문을 활짝 열자 어두운 산길이 정면에 펼쳐졌다.

아직은 시야에 들어오지 않지만, 분명 흑야풍에 필적한 기운을 가진 이와 오장로단 같은 무리들이 접근하고 있었다.

잠시 뒤 그 기운을 느꼈는지 흑야풍이 사당 앞으로 걸어갔다.

초겨울의 싸늘한 바람이 먼저 사당 안으로 불어 들어왔다. 그 뒤로 이쪽을 향해 맹렬하게 달려오는 한 무리가 보였다.

흑야풍만 한 내공을 지닌 삼장로는 다름 아닌 여자였다. 흑야풍처럼 늙은 노인을 떠올렸지, 여자라고는 생각해 본 적이 없어 순간 당황스러웠다.

삼장로 무리가 먼발치에서 우리를 발견하고 속도를 늦추기 시작했다.

삼장로가 흑야풍에게로 걸어왔다.

삼장로는 노파도 아니었다.

외모상으로는 이십대 중반 정도로 보였다. 눈 아래는 면포로 가리고 있지만, 얼굴선이 미끈한 것을 알 수 있다.

그녀가 눈을 깜박일 때마다 기다란 속눈썹이 바람에 흔들리듯 움직였다.

고혹적인 눈매와 허리까지 늘인 긴 생머리.

망사 안으로 반듯한 코와 도톰한 입술이 보였다.

또한 몸에 달라붙는 검은 무복 위로는 성숙한 여인의 몸매가 그대로 드러나 있었다.

나는 여인의 요염함에 놀라 눈을 크게 떴다.

여인에게는 또한 눈부신 화려함도 있었다. 하지만 무엇보다도 여인의 전신에서 풍겨오는 위압적인 기운을 무시할 수 없으리라.

그것은 날이 잘 선 식칼처럼 사납게 다가왔다.

여인은 나와 색목도왕과 설아를 바라보았다.

그리고 내상을 입어 가부좌를 틀고 운기조식하고 있는 오장로단 단원들을 보았다.

여인의 시선은 다시 내게로 돌아왔다.

정확히는 내 허리춤에 달린 흑천마검으로 향했다.

"산화혈녀(散花血女). 이분은……."

여인은 흑야풍이 말하는 것을 듣지도 않고 바로 나를 향해 걸어왔다.

하늘하늘 움직이는 걸음세가 고고하게 걷는 고양이를 연상시켰다.

여인이 내 앞에서 멈춰 섰다.

눈가에 웃음을 머금고 있었다. 나는 일순 그녀의 매서운 기도를 잊고 그 눈웃음을 무척이나 매력적이라고 생각했다.

"산화혈녀. 소교주님께 인사 올려요."

여인이 콧소리를 내며 말했다.

그녀에게서 흘러나오던 날카로운 기운이 순간 사라졌다.

나는 공손하게 고개를 숙인 여인을 바라보다가 색목도왕을 돌아보았다. 색목도왕은 이 상황을 예상한 듯했지만, 왠지 못마땅한 얼굴이었다.

삼장로라는 사람이 이렇게 젊은 여자이고, 나를 소교주라고 단번에 인정하고 나올 줄이야. 뜻밖의 상황에 나는 약간 어리둥절해졌다.

전원이 꺼진 기계처럼 서 있던 삼장로단원 스무 명도 일제히 걸어와, 과장되게 허리를 숙였다. 그러면서 그들은 입을 맞춰 말했다.

"소교주님을 뵈옵니다."

내 앞에 선 여인에게 물었다.

"당신이 혈마 삼장로입니까?"

여인은 그렇다고 대답하며 고개를 들었다.

코앞에서 여인의 얼굴과 정면으로 마주치자, 나는 그녀의 매혹적이고 요염한 눈빛에 다시 한 번 놀라지 않을 수 없었다.

여인의 눈동자가 빠르게 움직였다.

나는 그 눈동자가 나와 설아, 색목도왕, 오장로단원들, 흑야풍 등, 모두의 표정을 읽어 내려가고 있다고 느꼈다.

"당신이 흑천마검을 찾으러 소화산에 갔다 오는 길이라고, 오장로에게 들어 알고 있습니다."

"본교의 신물은 이미 주인을 찾았네요. 그리고 말씀을 낮추셔요. 소교주님의 존대에 소녀, 몸 둘 바를 모르겠사옵니다. 소녀가 진작 모셨어야 했는데, 이리 늦게 인사 올리는 것을 용서해 주셔요."

그녀는 말을 마치고는 얇은 웃음소리를 냈다.

그 웃음에 나는 뭔가 상황이 이상하게 돌아가고 있다는 기분이 들었다. 원인을 모르는 의아함의 정체를 파악하기 위해 여인을 빤히 바라보았다.

'뭘까?'

빙그레 웃는 여인의 얼굴에서 불현듯 한 단어가 떠올랐다.

'팜므파탈. 위험한 여인.'

* * *

시간이 촉박하다.

서두르지 않으면 심장이 꺼내진 흑웅혈마의 시신을 봐야 할지도 모른다.

심한 내상을 입은 오장로단 단원 셋을 남겨두고, 우리는 바로 신강 혈마교로 향했다.

그러던 중 경악스러운 사실을 하나 듣게 되었다. 설아가 오른손을 펴고 왼손의 엄지를 치켜들었다.

"그게 뭐야?"

"그 여자의 나이예요."

그 여자. 삼장로 산화혈녀를 말하는 것이다.

같은 여자로서 미녀인 산화혈녀를 시샘하는 것일 수도 있고 아니면 과거에 내가 모르는 사연이 있었는지도 모른다.

분명한 건 설아가 산화혈녀를 싫어하고 있다는 사실이다.

"스물여섯?"

"아니요. 예순을 넘었어요. 자세한 나이는 몰라도 더 들었으면 들었지, 그보다 적진 않아요."

"예순?"

고개를 돌려 바로 내 뒤를 따라 달려오는 산화혈녀의 얼굴을 확인했다.

이십대 후반? 삼십대 초반?

매우 매혹적인 성숙한 여인의 외모라서 설아의 말이 믿기지 않았다.

산화혈녀가 예순인 할머니라는 것보다 열여덟인 나와 또래라고 하는 게 차라리 믿을 만하다고 생각했다.

"정말이에요······."

내 등에 업힌 설아가 기린석을 매만지면서 말꼬리를 흐렸다.

"역용술 같은 거야?"

나는 색목도왕을 떠올리며 물었다.

"역용술과는 달라요. 저런 건 주안술이라고 해요."

"주안술?"

설아가 내 귓가로 입술을 가까이 가져왔다.

여린 숨이 귓가에 와 닿았다. 전기에 감전된 것처럼 짜릿하면서도, 더 뭔가를 기대하게 만드는 묘한 설렘이 피어올랐다.

이런 내 마음을 모르는지 설아의 숨소리가 계속해서 귀를 간질였다.

설아가 말했다.

"얼굴이 늙지 않도록 하는 술법이에요. 채양보음술을 하고 있을 거예요. 분명히 그래요."

"채양보음술은 뭐야?"

나는 달리는 속도를 유지하며 물었다. 설아는 망설이며 대답을 하지 않았다.

"그게……"

오 초 정도 흐른 후, 설아가 결단을 내렸다는 어조로 대답했다.

"남자와의 방사를 통해서, 그 남자의 진기를 흡수하는 거예요."

설아가 망설인 이유가 여기에 있었다.

방사(房事).

여자와 남자가 밤에 하는 그 일이다. 나도 모르게 인상 깊었던 야한 동영상의 한 장면이 떠올랐다.

설아가 온몸을 내게 기대고 있고 설아를 받치고 있는 양손으로 설아의 허벅지가 느껴지고 있기도 해서인지, 야한 생각이 계속해서 떠올랐다.

이러면 안 되지 하는 생각으로 헛기침한 다음, 아무 일도 아니라는 듯이 입을 열었다.

"정말이야?"

"삼장로단 단원들을 봐보세요."

왜 이제까지 눈치채지 못했을까.

이십대 초반부터 사십대 초반까지 나이대가 다양한 그들은 고수이기 이전에 하나같이 미남이었다. 강렬한 남성다움을 자랑하는 얼굴이 있었는가 하면, 이쪽 세상의 유생처럼 곱상한 얼굴도 있었다.

"저들이 밤에?"

자세히 말하지 않았지만 설아에게 충분히 의미가 전달되었을 것이다.

"분명히 그래요."

설아와 나는 밀실 회의라도 하는 것처럼 은밀하게 말을 주고받았다.

"소교주님. 저 여자를 믿으세요?"

내가 '설마' 하고 대답하려고 할 때, 그사이를 못 참은 설아가 또박또박 말했다.

"믿지 마세요. 저 여자는 요녀(妖女)예요."

설아의 목소리에서 강한 경계심이 묻어나왔다.

나도 어느 정도 그렇게 생각하고 있었던 중이라 고개를 끄덕였다. 설아가 짧은 숨소리를 내며 내 오른 어깨 위로 얼굴을 기댔다.

산화혈녀는 매혹적인 외모를 하고 있다지만 실제로는 나이가 많고, 밤마다 그 일을 통해 남자의 진기를 흡수하며 젊음을 유지하고 있었다.

차원을 이동하는 나, 주인을 잡아먹겠다고 으르렁대는 살아있는 검, 사람을 초인으로 만들어주는 무공과 술법들, 혈마교라는 비밀 종교집단.

여기에 주안술과 채양보음술을 집어넣는다고 해도 이상할 건 없었다.

다만 산화혈녀는 내가 한 번도 겪어보지 못한 종류의 사람인 것 같아서 계속 신경이 쓰였다.

그때였다.

"요녀라! 오랜만에 듣는 소리구나. 너는 내가 저들과 잠자리를 같이한다고 생각하는 게지?"

움찔.

어느새 다가선 산화혈녀가 우리 대화에 끼어들며 말했다.

설아는 입술을 다물고 산화혈녀를 노려보았다.

산화혈녀가 그런 설아를 보면서 빙그레 웃었다. 그리고는 내 옆으로 나란히 달려와서, 다른 사람 이야기하듯 말을 꺼냈다.

"소교주님은 어떻게 생각하셔요?"

나를 바라보는 산화혈녀의 눈빛이 정말 매혹적이라는 생각이 들었다. 눈웃음을 흘리며 산화혈녀가 입가에도 미소를 머금었다.

산화혈녀는 남자라면 누구나 욕정을 가질 수밖에 없는 여자였고, 그렇다고 가까이 다가가기엔 꺼려지는 원인 모를 두려움이 느껴지는 사람이기도 했다.

'어딜 봐서 예순이나 드신 할머니라는 거야?'

내가 산화혈녀를 빤히 바라보자 산화혈녀가 피식 웃으며 어깨를 으쓱했다.

"정말 그렇게 생각하셔요? 이 어린 계집의 말을 믿으시는 건 아니시겠죠?"

"어린 계집이라고요?"

설아가 언성을 높였다.

두 여자가 눈빛을 주고받았다. 팽배한 긴장감이 흘렀다. 내가 중재하기 위해 입을 열려던 찰라 산화혈녀가 먼저 말했다.

"소교주님. 어린 계집보다 제가 더 좋지 않으시겠어요? 본교로 돌아가면……."

산화혈녀가 여운을 남기며 눈웃음을 쳤다. 무서우면서도 심장이 두근거린다.

산화혈녀는 "호호." 하고 웃음소리를 내며 뒤로 물러났다. 등으로 설아의 몸이 부르르 떨리는 게 느껴진다. 씩씩거리는 설아의 숨소리도 들렸다.

"저 요녀의 꾐에 넘어가지 마세요. 소교주님의 정기를 노리고 있는 건지도 몰라요."

설아가 흥분된 목소리로 말했다.

설아가 이토록 감정을 크게 드러내는 것은 사인살마의 목을 치던 때 이후로 처음이었다. 조용하고 배려 깊은 설아가 지금 화를 내고 있다.

나는 왠지 난처해졌다.

* * *

최대한 빨리 가기 위해 산을 가로 질러 가는 경우가 많았다. 말을 타고 가기엔 산의 지형이 험준했다. 하지만 그보다 먼저 나는 말을 타는 법을 모르고, 배워야 할 필요성도 느끼지 못했다.

있는 힘껏 쉬지 않고 달려서 무슨 일이 있어도 육혈제가 시작하기 전까지는 혈마교에 도착해야 한다.

온통 그 생각뿐이었다.

하지만 우리도 사람이다. 쉬지 않고 달리다보면 육체의 한계가 올 때가 있다. 모두의 기색을 보니 오늘이 바로 그날이라는 생각이 들었다.

혈마교로 향한 지 오 일째 되던 날이다.

"쉬었다 가지요."

감숙성 기련산 중턱에 이르렀을 때, 내가 말했다.

"예, 소교주님."

모두들 일말의 표정 변화도 없었지만, 초겨울임에도 불구하고 그들의 온몸이 땀으로 흠뻑 젖은 걸 보니, 속으로는 모두 안도의 한숨들을 내쉬고 있을 게 분명하다.

모두들 우두커니 서서 내 명령을 기다리고 있었다. 명령에 죽고 명령에 사는 자들이다. 각자 알아서 휴식을 취하라고 말했다.

모두가 기다렸다는 듯이 각자 선 그 자리에서 가부좌를 틀고 앉았다.

삼장로단은 벽곡단을 먹었고 내상을 입었던 오장로단은 각자 준비해 온 단약을 입에 넣고 운기조식을 하기 시작했다.

색목도왕과 흑야풍 그리고 산화혈녀가 내가 걸터앉아 있는 바위로 걸어왔다.

내가 말했다.

"세 분도 어서 쉬십시오. 쉴 때마다 제대로 체력보충을 해두지 않으면 안 됩니다."

셋은 멀쩡한 내가 대단하다는 듯이 쳐다보았다. 산화혈녀가 먼저 매끈한 붉은 입술을 열었다.

"예. 그전에 의논해야 할 일이 있지 않나요?"

흑야풍은 산화혈녀의 말에 동의한다는 눈빛을 보내왔다.

"맞소. 혈마노파까지 감금한 일장로가 뭔들 못하겠소. 나와 당신이 소교주님을 따르고 있다는 것을 알게 된다면, 필시 혈마군(血魔軍)이라도 일으킬게요."

흑야풍이 산화혈녀에게 말했다.

"혈마군은 뭐죠?"

내가 물었다.

이제는 모르는 것을 묻는 게 부끄럽지 않다. 이쪽 세상에서 나는 막 태어난 갓난아이가 그러하듯 하나하나 이 세상에 대해 배워 나가야 한다고 생각한다.

색목대왕이 대답했다.

"교주의 명령이면, 남녀노소 불문하고 십시의 십만 교도들이 병기를 들고 일어설 테지만, 그중 건장한 장정들을 뽑아 조직해 둔 것이 혈마군입니다."

그러면서 그 수가 이만이 넘어가고 전대 교주나 전전대 교주는 한 번도 혈마군을 일으킨 적이 없다고 덧붙였다.

'일천 명에 가까운 고수에, 이만 명이 넘는 병사라니. 혈마교는 정말 무시무시한 곳이군.'

나는 속으로 놀랐지만 겉으로 내색하지 않았다.

"우리는 사십 명이 조금 넘습니다. 이걸로 충분하다고 봅니까?"

내가 솔직하게 물었다.

"예. 소교주님. 아무리 일장로라 하더라도 혈마군은 일으키지 못할 것입니다."

색목대왕이 대답하자, 옆에서 머리카락을 쓸어내리고 있던 산화혈녀가 코웃음 쳤다.

"우호법. 당신은 정말 아무것도 모르네요."

"그게 무슨 말이오?"

"뭐겠어요. 지금 일장로는 교좌에 오르지 않았을 뿐이지, 오른 거나 다름없다는 말이죠."

산화혈녀가 냉소를 띠며 말했다.

고개를 끄덕이고 있던 흑야풍이 끼어들었다.

"삼장로의 말이 맞네. 일장로가 마음을 먹는다면 혈마군을 일으킬 수 있을 것이야. 허나 그렇게까지 무리수를 두진 않을 거네. 자네도 알지 않나? 혈마군을 일으키면 서역이나 토번국, 특히 중원의 황제는 가만히 있지 않을 게야."

"그건 모르죠. 막다른 골목에 몰리면 뵈는 게 없는 법이니까요."

산화혈녀는 말을 마치고, 그녀를 노려보고 있는 설아를 향해 피식 하고 웃어보였다.

'뭘 보냐? 가소로운 게.'

그런 웃음이었다.

"무슨 말들인지 알겠습니다. 하지만 혈마군을 일으키려고 했다면 벌써 일으켰을 것입니다. 이렇게 두 분을 보내진 않았겠죠."

내가 말했다.

"그렇습니다. 허나 일장로가 우둔한 결정으로 혈마군을 일으킨다 하더라도, 본교의 교도라면 신물 앞에, 그리고 소교주님 앞에 무릎 꿇지 않는 이가 없을 것입니다. 소교주님께서는 심려치 마십시오."

"예, 소교주님. 혈마군은 단지 이 늙은 소마의 우려일 뿐입니다. 하지만 일장로가 소교주님의 정통성을 의심하고 강하게 반발하고 나올 것이니, 이에 대비를 해야 할 듯합니다."

색목도왕이 말하고 그 뒤를 이어 흑야풍이 말을 받았다.

"무엇으로 소교주님의 정통성을 의심한다는 말이오? 두 장로께서도 이리 인정하고 계신데."

색목도왕이 흑야풍에게 말했다.

"일장로는 교좌에 오르지 않았을 뿐이지 실제로는 교를 지배하고 있네. 일장로가 죽으라는 명령을 내리면 실제로 목숨을 끊을 이들이 수두룩하지. 자네도 전대 교주님께서 자리를 비운 십 년 동안 보아온 게 있을 거네."

흑야풍의 말에 색목도왕의 눈썹이 찌푸려졌다.

"특히 혈마육문 중 하나인 무문주 마의군자(魔衣君子)는 일장로의 수족을 자처하고 있네."

"마의군자가 일장로의 종이 되어 있다 한들, 그것이 소교주님의 정통성과 무슨 상관이라는 말이오?"

"마의군자는 혈마노파의 아들이라는 걸 모르는가?"

나는 문득 의문이 들어 대화에 끼어들었다.

"혈마노파라면 일장로가 감금을 해두었다 하지 않았습니까? 어떤 아들이 자신의 어머니를 가둔 사람을 돕는다는 거죠?"

"소교주님. 일장로의 명을 받아 혈마노파를 감금한 이가 다름 아닌 마의군자입니다."

흑야풍이 대답했다.

색목도왕은 전혀 예상하지 못했다는 듯한 얼굴이 되었다가, 이내 얼굴을 와락 일그러뜨렸다. 나 역시도 그런 불효자는 생각해 본 적이 없었다.

"혈마노파가 감금된 사실을 아는 이는 극히 적습니다. 이때 마의군자가 혈마노파의 이름을 빌려, 소교주님의 정통성을 부정할 수도 있다는 말입니다."

"말도 안 되오! 오장로. 어느 누구도 소교주님의 무공과 신물을 보고나면 소교주님의 정통성을 부정할 수는 없을 것이오."

색목도왕이 일갈을 터트렸다. 워낙에 큰 소리라서 깜짝 놀란 설아가 눈을 동그랗게 떴다.

흑야풍은 담담하게 웃는 것으로 대답을 대신했다.

"그런 일은……."

색목도왕은 일단 말도 안 되는 소리라고 외쳤지만 그럴 수도 있겠다는 생각이 들었는지, 붉어진 얼굴로 말꼬리를 흐렸다.

그때 "호호." 하는 웃음소리가 들렸다.

산화혈녀였다.

"마의군자요?"

우리들은 일제히 산화혈녀를 바라보았다. 면포 사이로 붉은 입술이 움직이는 게 보였다.

"그 애송이는 일장로보다 내 말을 더 잘 들을 걸요?"

산화혈녀의 매력적인 눈은 확신으로 가득 차 있어 평소보다 더욱 사람을 잡아끄는 마력이 그 안에서 일어나고 있었다.

나는 차마 왜 그러죠? 라고 물을 수 없었다. 마의군자라는 불효자가 산화혈녀의 말을 더욱 잘 들을 거라는데, 그 이유를 약간은 알 것 같았기 때문이다.

설아도 나와 같은 생각을 했는지 경멸을 담은 미소를 지어 보였다.

"소교주님. 그 애송이는 걱정 마셔요. 소녀의 말 한마디면 끝이랍니다, 끝. 소녀가 의논하고자 하는 것은 혈마군이니, 마의군자니, 혈마노파니 하는 그런 게 아니랍니다."

"그럼 뭐죠?"

"소교주님께선 교좌에 오르신 후에 어찌하실 생각이셔요? 일장로를 따르던 모든 이들을 쳐낼 것인가요? 그렇다면 흑야풍과 저도 쳐내셔야 하실 텐데요."

"내가 일장로에 동조한 이들을 쳐내고자 한다면 두 분만 쳐내야 하는 게 아니죠. 혈마교의 모든 사람을 쳐내야 하는 겁니다. 모두를 말이지요."

"네."

산화혈녀가 밝은 목소리로 대답했다.

"그렇게 되지는 않을 겁니다. 이번 일의 해결은 원흉인 일장로 한 명의 처리로 족합니다. 하지만 설아와 색목도왕이 원하면……."

난 흑야풍과 산화혈녀를 번갈아 돌아보며 말했다.

"지금이라도 두 분을 내칠 수 있습니다."

갑자기 정적이 주위를 감돌았다.

조그마한 숨소리 하나 나지 않았다. 심지어 불고 있던 바람마저 멎었다.

그 속에서 흑야풍의 얼굴이 바짝 굳었다. 줄곧 산화혈녀의 눈가에 걸려 있던 웃음도 사라져 버렸다. 산화혈녀는 설아와 색목도왕을 한 번씩 쳐다본 후에 다시 생글생글 웃으면서 말했다.

"어머! 하면 소녀와 흑야풍의 목숨이 우호법과 저 계집의 뜻에 달렸다는 말씀이신가요?"

훼엑!

각자 나름대로 개인 시간을 가지고 있던 삼장로단과 오장로단이 일제히 설아 쪽으로 고개를 돌렸다.

그런데 모두의 눈빛이 날카로워져 있었다. 설아를 노려보는 그들의 눈은 칼을 머금은 것처럼 살기로 번뜩였다.

산화혈녀도 생글생글 웃고 있지만, 나는 그 웃음에서도 살기를 느낄 수 있었다.

'뭐, 뭐야?'

나는 당혹스러웠다.

살기에 둘러싸인 설아가 너무도 놀란 나머지, 들고 있던 기린석을 떨어트렸다.

나는 내 쪽으로 굴러온 기린석을 주워들어 설아에게 건네주었다.

기린석을 받는 설아의 손이 부르르 떨렸다.

수많은 고수들의 살기를 받고 견딜 만큼, 설아는 강하지가 않다.

내가 화를 내려는 찰라, 색목도왕과 눈이 마주쳤다. 색목도왕의 눈빛은 '아무 말도 하지 마세요.' 라고 하는 것 같아서 나는 반쯤 열었던 입을 다물었다.

좋았던 분위기가 무거워지고 말았다.

* * *

그날 밤이었다.

잠을 자고 있는데 소란스러워서 눈이 떠졌다.

색목도왕의 큰 목소리와 설아가 우는 소리가 들렸다.

나는 설아가 우는 소리에 놀라 급히 몸을 일으켰다. 사건은 가까운 곳에서 벌어지고 있었다.

바위 쪽에서 흑야풍, 산화혈녀의 등진 모습이 보였고, 화난 얼굴의 색목도왕과 이 셋에게 둘러싸인 채 무릎 꿇고 있는 설아가 보였다.

그들 외에 삼장로단과 오장로단은 눈을 감고 누워 있어서 잠을 자는 것처럼 보였지만, 실제로는 자지 않고 있을 것이다.

쩌렁쩌렁 산을 울리는 색목도왕의 목소리에 온전히 잠을 잘 수는 없을 테니 말이다.

"네가! 그동안 삼장로께 행한 방자한 행동을 더는 봐주지 못하겠구나. 소교주님께서 어여쁘게 봐주시니, 교리조차 잊어버린 게냐?"

색목도왕은 분명 화가 나 있었다.

나는 서둘러서 그들 앞으로 몸을 날리며 외쳤다.

"무슨 일입니까?"

흑야풍과 산화혈녀 그리고 색목도왕이 내게 고개를 숙였다.

설아는 나를 바라보지도 못하고 땅만 내려다본 채 흐느끼고만 있었다.

그런 설아가 몹시 가엽게 느껴졌고, 어째서 설아가 이런 상황에 처해 있는지 화가 치밀어 올랐다.

나는 얼굴에 감정을 그대로 드러내며 색목도왕에게 말했다.

"그게 무슨 말입니까. 제가 설아를 어여쁘게 봐서, 설아가 교리를 잊어버렸다니요?"

"진정하셔요. 소교주님."

산화혈녀가 빙그레 웃으며 가까이 다가왔다. 분명 매혹적인 미소다. 하지만 그 얼굴을 손바닥으로 밀치고 싶은 충동이 일었다.

"설아는 일개 교도일 뿐입니다. 어떠한 직위도 없지요. 그런 일개 교도가 본교의 혈마 장로에게 무례를 범하고 있으니 이를 어찌 보고만 있을 수 있겠습니까."

색목도왕이 단단히 마음을 먹은 듯 또박또박 말했다.

"무례라니요?"

"삼장로 산화혈녀와의 첫 대면부터 그러했습니다. 일개 교도인 주제에 상마 앞에서 불쾌한 감정을 드러내더니 심지어 소교주님께 허튼소리를 전하여 소교주님의 심중을 어지럽혔습니다. 이는 본교 안에서라면 있을 수도 없는 일입니다."

설아의 머리가 아무렇게나 헝클어진 게 계속 눈에 거슬렸다.

안쓰러운 마음이 들었다. 설아를 부축하려 했지만, 설아가 나를 거부하고 계속 흐느꼈다.

솔직히 이 밤중에 색목도왕이 설아를 다그치고 있는 것이 이해가 되지 않았다.

때리는 시어머니보다도 말리는 시누이가 밉다고 했던가?

옆에서 생글생글 웃고 있는 산화혈녀와 이런 일은 당연하다는 듯 그저 바라만 보고 있는 흑야풍에게 화가 났다.

"삼장로. 이 모든 건 내 불찰이오. 내가 저것을 제대로 가르치지 않아 벌어진 일이니, 나는 교법에 따라 어떠한 벌이든 달게 받겠소이다."

색목도왕이 산화혈녀에게 고개를 숙였다.

"교법(敎法)에 의하면…… 그렇다면 그거군요, 맞죠?"

산화혈녀가 흑야풍에게 물었다.

그가 대답했다.

"그렇소. 천년금박행이오."

천년금박?

들어본 적이 있다.

혈마교의 교리를 어기고 이교적인 행동을 한 이들, 상급자인 상마(上魔)에게 마도무행을 청했다가 패한 이들, 상마의 명령에 불복종한 이들.

이런 자들은 어김없이 천년금박이라는 감옥 같은 곳으로 떨어지게 된다. 엄밀히 말하자면 천년금박은 감옥이라기보다는 또 다른 세상이다.

천년금박이라고 통칭되는 지하 굴에는 정체불명의 마수들이 우글대고 있고, 그곳에 감금된 사람들은 서로를 적으로 삼아 생존게임을 벌인다. 즉 그곳은 아수라의 세상인 것이다.

그곳에 떨어지느니 차라리 죽는 게 낫다고까지 할 정도로, 천년금박은 모두가 두려워하는 곳이다. 그런데 지금 그곳의 이야기가 나오고 있다.

'말도 안 돼!'

나는 더는 참을 수 없었다.

"이게 대체 무슨 일이란 말입니까! 그만들 좀 하시죠. 설아는 어서 일어나."

이번에도 설아는 일어나지 않았다.

"소교주님."

색목도왕이 나를 불렀다.

나는 화가 난 얼굴로 색목도왕을 빤히 쳐다보다가, 오래 보지 못하고 고개를 돌렸다. 색목도왕의 눈이 그 어느 때보다 진지했기 때문이다.

오늘 밤의 색목도왕은 다른 사람처럼 느껴졌다.

"본교의 교주는 총체본산과 십시의 십만 교도를 다스립니다. 교주의 일언에 본교의 모든 일이 주관됩니다. 그렇듯 교주의 말에는 절대적인 무게가 실려 있는 것입니다. 소교주님께서 한마디 한마디 하시는 말씀에 얼마만큼의 권위와 책임이 담기는지 소교주님께서는 분명히 아셔야 합니다."

나는 색목도왕이 무슨 말을 하고 있는지 몰라 어리둥절했다. 그러다 문득, 오늘 낮에 설아와 색목도왕이 원하면 삼장로와 오장로를 내칠 수 있다고 말했던 것이 떠올랐다.

살기를 번뜩이던 그때의 산화혈녀의 눈빛이 떠올랐다.

그녀뿐만 아니라 삼장로단과 오장로단 모두가 설아를 죽일 듯이 노려보았다.

아주 일순간 일었다가 사라진 살기였지만, 그 느낌은 아직도 생생하게 살아남아 있다.
'결국은 내 말 한마디 때문에 이렇게 되어 버린 걸까?'
그때였다.
"정작 교리를 어기고 있는 것은 바로 우호법 자넬세! 감히 누가 누구를 훈계하려 드는 겐가!"
흑야풍의 주름진 입술 사이로 일갈이 터져 나왔다.
"아! 소교주님 앞에서 몹쓸 꼴을 보여 죄송합니다."
색목도왕이 급히 내게 고개를 조아렸다.
아닌 밤중에 홍두깨라고, 잠에서 깨고 보니 색목도왕이 설아를 혼내고 있었고, 이제는 흑야풍이 색목도왕을 질책하고 있다.
왠지 머리가 어지럽다.
그러던 와중 산화혈녀의 득의양양한 미소가 시선에 들어왔다.
교리를 운운하는 흑야풍의 목소리에 점점 힘이 실렸고 색목도왕은 고개를 숙였다.
설아는 다행히 흐느낌을 멈췄다.
'이건 마치……'
각자 주어진 대본대로 이들 모두가 역할을 수행하고 있다는 느낌이 강하게 들었다.
그때 살짝 고개를 든 색목도왕과 눈이 마주쳤다. 그의 눈빛에서 나는 이번 사건을 일으킨 색목도왕의 의도를 어렴풋이 눈치챌 수 있었다.

그는 이번 일로 내게 뭔가를 말하려고 한다.

대체 그게 무엇이기에, 설아를 핍박하면서까지 이런 일을 벌인 걸까?

색목도왕이 했던 말들을 곰곰이 떠올리다가 한 가지 결론에 도달할 수 있었다.

색목도왕은 본교로 돌아간 후의 일을 생각하고 있는 것이다. 혹시 장로들이나 다른 이들이 내게 반발할까봐, 선수를 치고 있는 것이다.

설아를 혼내는 것도 색목도왕의 본심이 아니다.

"삼장로. 어떻게 하면 좋겠습니까? 설아의 잘못이 색목도왕에게 책임이 있다 하니, 삼장로가 직접 벌을 내리는 게 좋겠습니다."

나는 마음에도 없는 말을 하였다.

색목도왕이 힘들게 만들어놓은 이 상황을 망쳐 버릴 수 없기 때문이었다.

색목도왕이 산화혈녀보다 먼저 말했다.

"소교주님. 하마(下魔)에게는 말씀을 낮추셔야 합니다."

나는 빠르게 이 상황을 끝내고 싶었다. 어서 설아를 일으켜서 퉁퉁 부운 눈을 매만져 주고 싶었다.

그래서 색목도왕의 말대로 하기로 했다. 말을 낮추는 것쯤은 어렵지 않으니까.

"이번 일은 삼장로의 뜻대로 하겠다. 산화혈녀. 색목도왕을 어떻게 하면 좋지?"

산화혈녀의 실제 나이는 예순이 넘는다. 정작 하대하고 나니 그녀의 실제 나이가 떠올라서 얼굴이 화끈 달아올랐다.

산화혈녀의 대답을 기다렸다.

설마하니 색목도왕을 천년금박에 떨어트리라는 말을 하진 않겠지?

내가 색목도왕에게 얼마나 의지하고 있는지를 알면서도 그리 말한다면, 천년금박에 떨어지는 건 색목도왕이 아니라 바로 산화혈녀 쪽이 될 것이다.

이런 내 마음을 아는지 모르는지 산화혈녀가 눈웃음을 치며 말했다.

"우호법이 빤히 보이는 연극을 하고 있지만……. 뭐, 나쁘진 않네요. 단, 오늘 무슨 일이 있었는지 우호법은 잊지 말아야 할 거예요. 그리고 저 어린 것은 제 시비(侍婢)로 쓰겠어요."

산화혈녀의 말에 설아의 몸이 움찔거렸다.

설아가 산화혈녀의 시비가 된다고? 다른 건 다 괜찮아도 그것만은 안 된다는 생각이 들었다.

그런데 색목도왕의 대답이 기다렸다는 듯이 나왔다.

"그렇게 하시오."

나는 넋이 나간 얼굴로 색목도왕을 바라보았다. 말도 안 되는 소리다. 금방이라도 소리쳐 말리고 싶었다. 하지만 그럴 수가 없었다.

 얼굴은 잔뜩 일그러져 있지만 색목도왕과 심지어 설아까지 확고한 눈빛을 하고 있었다.

 "제가 시비가 되면 되는 것이지요?"

 똑바로 일어나서 묻는 설아의 두 눈이 다부지게 빛났다.

제 4장
육혈제

다 해진 신발 사이로 모래가 스미어 들어온다.

걸어도 걸어도 제자리인 듯싶었다.

망망대해처럼 끝없이 펼쳐진 모래사막 위로 바람이 물결을 만들어낸다.

처음에는 이 기묘하고도 신비로운 광경에 대자연이 얼마나 위대한 것인지 감탄도 했었다.

하지만 그러했던 마음가짐은 단 하루 만에 무너져 내렸다. 혈마교에서 도망쳐 나왔을 때 겪어보았던 폭염과는 정반대의 기후가 우리를 맞이했다.

겨울의 모래사막은 혹한(酷寒) 그 자체였다.

수은 온도계를 지니고 있었다면 아마도 수은 자체가 얼어 버렸을지도 모른다는 생각이 들 정도로, 매서운 추위의 연속이었다.

주변 원주민들은 이 사막을 '타커라마간'이라고 불렀는데, 그들의 언어로 '한 번 들어가면 나오지 못하는 땅'이라는 뜻이란다.

사막의 겨울.

십이양공을 운기하여 몸을 따뜻하게 만들 수 있어서 나는 괜찮다.

하지만 산화혈녀 옆에서 시중을 들며, 몸을 바들바들 떨고 있는 설아가 몹시 안쓰러웠다.

일류고수인 오장로단과 삼장로단의 단원들마저도 추위로 입술이 새파래졌는데 설아는 오죽할까.

사막에 들어서기 전까지만 해도 우리들은 빠르게 이동했다. 하지만 사막의 혹한과 전방에서 불어오는 모래바람으로 인해 이동속도가 급격히 느려졌다.

이래서는 제 날짜에 도착하지 못할 것 같다는 생각이 들었다.

"육혈제가 시작하기까지는 얼마나 남았지?"

나는 산화혈녀에게 물었다.

보름을 넘게 하대만 하다 보니 이제는 존칭을 하는 게 오히려 어색하다.

"보름이에요."

산화혈녀는 설아가 어깨에 걸쳐준 외투를 추스르며 대답했다. 생각 같아선 산화혈녀의 외투를 벗겨 설아에게 건네주고 싶었다.

하지만 분명 설아가 거절할 것이다.

설아는 독하게 마음먹었는지 산화혈녀의 시비 노릇을 잘 견디고 있었다.

나는 설아를 시비로 만들어 버린 산화혈녀가 몹시 미웠다. 산화혈녀에게 말을 할 때마다 얼굴에 그 감정이 고스란히 나왔고 어조도 퉁명스러웠는데, 산화혈녀는 이를 즐기는 것 같았다.

아니 즐긴다기보다 내게 받은 감정들을 고스란히 설아에게 흘려보냈다. 보란 듯이 설아에게 이것 해달라, 저것 해달라, 요구하는 게 많았다.

'후.'

그러한 모습들을 며칠간 지켜보며 깨달았다.

그녀가 설아를 시비로 삼은 이유는 다름이 아니다. 내 자신이 취해야 할 행동을, 설아를 통해 보여주고 있는 게다.

혹은 인질로 붙잡고 있는 것이거나.

겨울 사막의 추위는 찰거머리처럼 달라붙어 우리들의 발목을 잡아끌었다.

설아에게 가까이 다가갔다.

등에 손을 대서 십이양공의 내공을 불어넣어주었다. 그러자 설아의 얼굴이 다시 온기로 차올랐다.
"소교주님……."
설아가 날 돌아보며 고맙다는 눈빛을 보내왔다.
나는 산화혈녀에게로 고개를 돌렸다.
"겨울에는 어떻게 본교로 들어가지? 이렇게 춥고 멀어서야 다른 이들 같으면 엄두가 나지 않겠어."
하대가 입에 달라붙는다.
"겨울에는 교지(敎地) 밖으로 나오지 않지요. 들어오지도 않고요. 교주님의 명이 있다면 다르지만요."
산화혈녀는 설아가 추위에 떠는 이 상황이 무척이나 재미있는 모양이다. 겨울 사막에 들어선 이후로 눈에서 웃음이 떨어지질 않는다.
나는 왼쪽 입꼬리를 샐룩였다.
설아를 바라보다가 더는 안 되겠다는 생각이 들었다. 십이양공의 내공으로 몸을 따뜻하게 해준 것은 일시적인 방편에 불과했다.
한두 시간 후에 설아는 다시 추위에 떨 것이다.
이렇게 강행군으로 겨울 사막을 횡단하다가는, 흑응혈마를 구하러 가기도 전에 설아가 먼저 나가떨어질지도 모른다.
어느새 나는 자연스럽게 허리춤에 손을 가져가고 있었다. 손아귀에 흑천마검의 검집이 느껴졌다. 이런 내 행동을 눈치챈 산화혈녀가 눈을 동그랗게 떴다.

 나는 설명하기보다는 십이양공을 일으켜서 검집에 내공을 흘려보냈다. 그러자 눈앞으로 푸른 빛무리가 쏟아져 들어왔다.

쏴악!

 익숙한 광경이 시선에 들어왔다.

 참고서가 쌓인 책상, 꺼진 모니터, 엄마의 손길이 닿아 잘 정돈된 침대. 나는 눈에 서린 푸른 빛무리를 지우기 위해 눈을 깜박였다.

 '내 방이구나……'

 보름 만에 이쪽 세상으로 돌아왔다.

 확 와 닿을 정도로 따뜻한 공기에 긴장했던 얼굴이 한층 누그러졌다.

 침대에 눕고 싶다는 생각을 지워 버리고 옷장으로 향했다. 한 걸음 내딛자 몸에서 저쪽 세상의 흔적들이 후드득 떨어졌다.

 나는 방바닥에 떨어져 내린 모래알들을 치우기 위해 몸을 숙였다.

 그러자 더욱 많은 모래알들이 떨어졌다. 해진 신발 사이로도 모래들이 물처럼 흘러나왔다.

 방문 밖에서 텔레비전소리가 들렸다.

흑천마검 때문에 밤 열두 시가 다 되어서야 베란다를 통해 엄마 몰래 방으로 들어온 그때의 기억이 떠올랐다.
 소리 나지 않게 방문을 반쯤 열었다. 내 마지막 기억대로 엄마는 거실에 누워서 잠을 자고 있었다.
 잠든 엄마의 얼굴이 피곤해 보였다.
 '금방 올게, 미안.'
 방문을 열었던 것처럼 조심스럽게 방문을 닫고 잠갔다. 그런 후에 몸에서 떨어지는 모래들을 신경 쓰지 않고 옷장을 열었다.
 중학교 삼 학년 때 우철이 따라서 큰맘 먹고 산 정장마이를 보니 문득 웃음이 나왔다. 그 밑으로 잘 개어진 여름티셔츠들이 있었고 이제는 촌스럽다고 입지 않는 철 지난 바지들도 상당했다.
 겨울외투 쪽으로 시선을 옮겼다.
 '있구나!'
 탈부착이 가능한 토끼털이 달려 있는 겨울점퍼.
 바로 내가 생각해 둔 것이다.
 그 점퍼를 옷걸이에서 빼냈다. 내 점퍼를 입은 설아의 모습을 떠올리니 마음이 흐뭇해졌다.
 하지만 겨울 사막은 이 외투 하나로 이겨낼 만큼 만만치가 않은 곳이다.
 동생 영아 방으로 가서 옷을 챙겨오려다가, 내 겨울티셔츠를 가져가기로 마음을 바꿨다.

 옷장 서랍에서 목도리와 벙어리장갑도 꺼냈다.

 이거면 어느 정도 추위를 막아 줄 수 있을 게다.

 나는 다시 흑천마검에 내공을 흘려보냈다. 어김없이 찾아오는 푸른 빛무리 속에서 혹 떨어트릴까 두 손으로 장갑과 목도리를 움켜쥐었다.

쏴악!

 이동할 때마다 세상은 삼 초 정도 슬로우 버튼이 눌러진 것처럼 다가온다.

 푸른 빛무리가 모래바람에 씻겨 날아갔다. 깨끗해진 시야로 산화혈녀의 얼굴이 제일 먼저 보였다.

 산화혈녀의 눈이 커다랗게 떠졌다. 눈썹이 한 치 위로 올라가면서 입도 살짝 벌어졌다.

 "소, 소교주님."

 면포 사이로 놀란 듯한 목소리가 흘러나왔다. 검집을 다시 허리에 꽂아 넣으며 산화혈녀를 스쳐 지나갔다.

 놀란 건 산화혈녀뿐만이 아니었다.

 나를 바라보는 모두의 눈이 휘둥그레졌다.

 어깨에 걸쳐두었던 토끼털 점퍼를 설아에게 내밀었다. 흔들리던 설아의 눈빛은 본래대로 돌아와, 내가 내민 점퍼에 맺혔다. 설아는 곧 다시 점퍼에서 내 쪽으로 시선을 옮겼다.

이미 겪어 보았기에, 내가 현실 세상에 갔다 왔다는 것을 알아챈 얼굴이다.

"입으면 조금이나마 따뜻해질 거다. 어서."

모두의 시선이 내 점퍼 쪽으로 쏠렸다.

설아가 결정을 내리지 못하는 것 같아서, 나는 설아의 어깨에 점퍼를 걸쳐주었다. 그리고 추위로 벌게진 목 주위에도 목도리를 둘러주었다.

마지막으로 설아의 손에 벙어리장갑을 끼워주었을 때, 산화혈녀의 목소리가 등 뒤에서 들렸다.

"무, 무슨 일이에요? 흑천마검에서 청광이 발하였어요. 그리고 그 괴이한 의복들은 무엇이고 어떻게……?"

산화혈녀가 당황한 모습은 처음 보았다. 장난기가 생겨 말해주고 싶지 않았지만, 흑야풍까지 허둥대며 다가왔기 때문에 입을 열었다.

"내 것이다."

처음에는 놀란 듯 보이던 색목도왕의 표정도 설아와 같이 가라앉았다. 하지만 산화혈녀와 흑야풍의 얼굴엔 의구심이 더욱 짙어졌다.

"소교주님 것이라니요?"

산화혈녀가 물었다.

"우리 모두는 내공이 깊어 추위를 이길 수 있지만, 설아는 그렇지 못하지 않은가."

나는 토끼털을 뺨을 부비고 있는 설아를 보며 말했다. 설아는 놀란 와중에도 점퍼를 매우 마음에 들어 했다.
"그, 그런 게 아니오라······."
나는 산화혈녀와 흑야풍에게 내 비밀에 대해서 자세히 말해주고 싶지 않았다.
어쩌면 그것은 내 소교주로서의 자격에 그들로 하여금 의문을 품게 만드는 일일지도 모른다는 생각이 들기도 했다.
"중원 어딘가에 내 거처가 있다. 흑천마검은 그곳으로 나를 이동시켜주지."
"그······ 그런······."
흑야풍의 표정이 혼란스럽게 변했다. 산화혈녀는 흑천마검과 점퍼로 완전무장한 설아를 번갈아 쳐다보면서, 연신 눈빛을 반짝였다. 그러다가 말했다.
"과연 본교의 신물이에요!"
흑천마검이 나를 잡아먹으려고 한다는 사실을 알게 되어도 그런 소리를 할 수 있을까 싶었다.
"오오!"
흑야풍은 늙은 얼굴을 부르르 떨기까지 했다. 둘은 '정말 대단해, 그렇지?'라는 눈빛을 주고받으며 흑천마검에서 시선을 떼지 못했다. 기계처럼 냉정한 모습만 보여 왔던 삼장로단과 오장로단의 단원들도 술렁였다.
이 순간 모두들 겨울 사막의 추위를 잊고 온 얼굴에 열기를 뿜어댔다.

 산화혈녀가 흑천마검에서 설아 쪽으로 시선을 옮겼다. 산화혈녀가 설아에게 향했다.

 설아는 시비의 자세를 다하려는 듯 공손한 자세로 고개를 숙였다.

 "어머! 이런 외투는 처음 보네."

 산화혈녀가 눈가에 웃음을 머금으며 점퍼의 토끼털을 쓰다듬었다.

 그런 다음 목도리를 매만지면서 말했다.

 "이 모표(毛裱)는 어떤 털로 만들어졌기에, 이리도 부드러울까."

 산화혈녀는 설아의 벙어리장갑까지 신기한 눈으로 바라보았다. 산화혈녀의 눈웃음에 나는 문득 불안해졌다.

 어김없이 불안은 현실이 되었다.

 산화혈녀가 설아에게 말했다.

 "나에게 주지 않으련?"

 나는 속으로 '젠장!' 하고 외쳤다. 산화혈녀의 뒤통수를 죽일 듯이 노려보았다. 설아는 이미 포기한 얼굴로 말했다.

 "소교주님께서 주신 것인데 어찌 제 마음대로 할 수 있나요."

 그러자 산화혈녀가 날 향해 말했다.

 "소교주니임."

 말을 길게 늘어 빼며, 눈을 반짝이는 것이 매우 얄밉게 보였다.

'이 여자는 여우가 아니라 능구렁이야.'

여기서 단호하게 안 된다고 하면 어떤 일이 닥칠지 나는 안다.

말도 안 되는 별별 이상한 명령을 내리면서 분명 설아를 괴롭힐 것이다.

한숨이 절로 나왔다. 내가 묵묵히 고개를 끄덕이자, 설아는 점퍼와 목도리 그리고 장갑을 벗어 산화혈녀에게 건넸다.

산화혈녀는 아주 당연하다는 듯이 그것들을 받아들고는 목도리에 뺨을 비비적거리면서, 내 겨울티셔츠를 살펴본다.

'할 수 없네.'

나는 다시 검집을 움켜쥐고 내공을 일으켰다.

쏴악!
쏴악!

빠르게 내 방에 갔다가 돌아왔다. 내 오른손에는 코트가 그리고 왼손에는 티셔츠와 목도리, 장갑이 들려져 있다. 처음 가져왔던 것들보다는 값이 덜 나가는 것들이기 때문에 설아에게 미안한 마음이 들었다.

"아!"

색목도왕, 설아, 산화혈녀, 흑야풍. 넷이 푸른 빛무리 속에서 눈을 크게 떴다.

곧 산화혈녀가 내 손에 들린 코트를 보더니 씩 하고 웃었다. 토끼털이 달려 있지 않기 때문일 게다.

그럼에도 불구하고 또다시 그녀의 눈에 탐욕이 일렁이기 시작했다.

산화혈녀를 무시하고 설아에게 가지고 온 것들을 입혀주었다. 설아가 감격에 겨웠는지 눈물을 글썽였다. 나는 설아에게 빙그레 웃어 보인 후 모두에게로 몸을 돌렸다.

그리고 외쳤다.

"한시가 급하다. 모두 서둘러라."

* * *

사막에서는 사구만 계속해서 보였다.

모래언덕이라고 부르는 그것은 높이가 낮게는 일 미터에서부터 높게는 수백 미터에 이르기까지 다양했다. 체력의 한계로 휴식을 취하거나 잠을 자야 할 때는 사구 뒤에서 모닥불을 피웠다.

일류고수들도 겨울 사막의 혹독함 앞에서 몸서리를 치고 있었다.

나는 산화혈녀의 얼굴을 닦아 주고 돌아온 설아에게 눈으로 물었다.

'괜찮겠어?'

설아는 고개를 끄덕였다. 그녀는 억척스럽게 겨울 사막을 잘 이겨내고 있었다.
할아버지 흑웅혈마를 구할 날이 머지않았기 때문일 거라 생각하며, 나는 몸을 일으켰다.
"다시 이동한다."
이동과 휴식을 반복하며 모래언덕을 넘기 시작한 지 십 일이 지나고 있었다.
모두가 소리 없이 자리에서 일어났다. 그리고는 삼삼오오 모여 지펴두었던 모닥불을 발로 비벼 껐다.
사람들은 목에 매두었던 천을 풀어 코와 입 주위에 둘렀다. 설아도 목도리로 눈 아래 부분을 꽁꽁 여미었다. 설아를 등에 업고 먼저 몸을 날렸다.
쉬익.
사구 밖의 세상에는 모래돌풍이 불고 있었다. 맹렬한 모래바람을 뚫으며 빠르게 달려나갔다. 내 뒤로 색목도왕과 산화혈녀 그리고 흑야풍이 따랐다.
다행인건 흑야풍과 오장로단의 내상이 어느 정도 호전되었다는 것이었다. 따라오는데 뒤쳐짐이 없고, 안색도 예전보다 훨씬 좋아졌다.
한참을 달리고 있었는데 쓰러져 있는 한 사람이 보였다. 빠르게 다가가서 모래에 얼굴을 처박고 있는 그의 어깨를 잡았다.

숨소리나 신음조차 들려오지 않았다.

굳이 얼굴을 확인하지 않아도 남자는 이미 죽어 있다는 것을 알 수 있었다.

남자의 복장은 생소한 것이었다. 이쪽 세상에서 흔히 보아 왔던 의복들과는 상당히 달랐다.

가장 눈에 띈 것은 그가 쓰고 있는 이슬람 계통의 터번이었다. 그리고 옷도 인도 쪽에서 볼 수 있는 형형색색의 상의에 통이 큰 바지였다.

"죽었네요……."

설아가 안쓰럽다는 듯이 말했다.

나는 고개를 끄덕인 후에 남자를 뒤집었다. 갈색 피부에 멋들어진 콧수염까지 있는 것을 보니 전형적인 아랍인이었고, 튀어나와 있는 태양혈이 그가 상당한 고수였음을 말해주고 있었다.

"정마교 놈입니다."

뒤에서 색목도왕이 말하며 다가왔다.

색목도왕이 발로 죽은 아랍고수의 얼굴을 툭툭 건드리더니 한마디 덧붙였다.

"본교의 사패독(蛇敗毒)에 당한 것입니다. 십수혈문(十手血門)에게 걸렸군요. 도망은 쳤으나 중독되어 죽은 것 같습니다."

색목도왕의 말대로 아랍인의 턱 아래로 피부가 시퍼렇게 변색이 되어 있다.

목에서 가느다란 상처 세 줄기가 발견되었다.

그 곳에서부터 독이 퍼진 것일 게다.

"십수혈문?"

내가 말꼬리를 올리자, 십수혈문은 혈마교지 밖에 은신하고 있는 일종의 정찰대로, 혈마교도 이외의 접근을 막는 게 주 역할인 곳이라는 설명이 들려왔다.

고로 이 정마교 놈이라는 아랍고수는 본교로 침입하려다 발각되어 죽었다는 말이 되는 것인가? 혈마교를 침입 혹은 탐색하려고 했던 이 아랍고수도 대단하지만, 대체 혈마교의 힘은 어디까지인 것일까?

십시로 통하는 비밀문과 진법 때문에 혈마교는 철옹성이나 다름없는데, 거기다 밖에서 경계까지 한다니 이 모든 게 놀랍기만 했다.

열 개의 도시를 다스리고, 일천에 가까운 고수들뿐만 아니라, 수만의 정예 병사들까지 지닌 곳.

'나는 그런 곳의 교주. 아니 왕이 되는 건가?'

흑야풍이 오장로단 일노귀에게 수신호를 보냈다.

일노귀는 가까이 다가와서 아랍고수의 몸을 뒤지기 시작했다. 수통과 단도, 독약, 조그마한 붓과 종이 정도가 다였다. 더구나 종이에는 아무런 글씨도 없었다.

내가 말했다.

"아무 이상 없다면 이대로 다시 출발한다. 본교까지 얼마

남지 않았다."

"옛!"

우리는 아랍고수의 시체를 버려두고 다시 이동하기 시작했다.

*　　*　　*

첨탑 하나가 아스라이 시야에 들어왔다. 신기루가 아닌가하고 의심이 들었는데 뒤에서 확신에 찬 색목도왕의 목소리가 들렸다.

"외문입니다! 본교에 도착했습니다. 소교주님."

달이 다 차지 않은 것으로 보아, 아직 육혈제가 시작되려면 많은 시간이 남아 있을 것이다.

강행군을 한 결실이 이제 맺어지려 하고 있었다.

설아는 이제 할아버지 흑웅혈마를 구할 수 있다는 생각이 들었는지 몸을 부르르 떨었다.

십시 중 한 곳으로 통하는 첨탑 안으로 들어가기 전에 한 가지 해결해야 할 일이 있었다.

천 보 정도 앞에 있는 모래언덕 속에서 고수 삼십여 명 정도가 은신해 있었다.

외관으로는 전혀 눈치채지 못하겠지만, 나는 모래 속에서 그들이 애써 감추려고 한 기운들을 느꼈다.

바로 그들이 십수혈문의 고수들이리라.

전체적인 내공의 정도는 색목도왕에 훨씬 못 미치나 삼십 명 하나하나가 은신술에 있어서는 절정고수에 버금갔다. 그래서인지 혈마 장로인 산화혈녀와 흑야풍도 아직까지는 눈치채지 못하고 있는 것 같았다.

굳이 내가 먼저 가는 것보다는 오장로 흑야풍을 시켜 해결하기로 마음먹었다.

"흑야풍."

"예."

나는 먼발치의 모래언덕을 턱으로 가리킨 후 말했다.

"저곳에 십수혈문의 고수들이 은신해 있다."

내가 자신보다 고수임을 알기 때문일까? 아니면 내가 소교주이기 때문일까?

흑야풍은 조금의 의문도 품지 않고 바로 앞으로 달려나갔다.

잠시 뒤 흑야풍이 십수혈문 고수들을 대동하고 돌아왔다. 그들은 사막에서 위장하기 좋게 황색 무복을 입고 있었고, 모두 손에 갈퀴 같은 철조(鐵爪)를 끼고 있었다. 철조의 모양은 아랍고수의 목에 났던 상처와 맞아 떨어졌다.

"이분이 본교의 소교주님이시다."

흑야풍의 말이 떨어지자마자 십수혈문 고수들은 나를 향해 열여섯 글자 교언을 외치며 크게 허리를 숙였다.

한 치의 망설임이 없는 동작이었다.

십수혈문 고수들은 우리를 첨탑까지 안내하고 다시 모래 속으로 사라졌다. 예전 기억대로 첨탑 안에는 문 하나가 있었다. 흑야풍이 앞장서서 문을 열었다.

끼이익.

열리기 시작한 문틈으로 빛이 새어 들어왔다.

지금껏 맡아볼 수 없었던 대나무나 약초 같은 식물의 냄새가 풍겼고 초록색 빛깔들이 보였다.

흑천마검에 내공을 불어넣어 딴 세상으로 넘어가듯 새로운 세상이 우리를 맞이했다.

이쪽 세상은 무공부터 시작해서 마검까지, 말로 설명되지 않는 일이 비일비재하다.

첨탑 안의 세상이 또한 그러했다.

밖은 겨울 사막인데 안은 대나무숲이다. 공기도 포근한 봄날씨처럼 따뜻했다.

우리는 대나무숲의 안개진을 뚫고 나가 십시로 이어지는 비밀 계단 앞에 도착했다.

흑야풍과 산화혈녀가 앞장섰다.

어떤 원리에 의해서인지는 모르겠지만, 꺼져 있던 횃불들에 일제히 불이 붙어 계단과 그 아래로 길게 이어진 지하통로를 훤히 밝혔다.

터벅터벅.

우리들은 부쩍 말수가 적어졌다.

적진으로 들어가는 발걸음이 무겁고 신경이 곤두선다. 일장로 벽력혈장과 우리 사이에서 어떤 일이 벌어질지는 이제 두고 볼 일이다. 자연스럽게 쥐어진 주먹에 힘이 잔뜩 들어갔다.

한 걸음 한 걸음 옮길 때마다, 흑웅혈마의 마지막 모습과 귀영친위대들이 죽어 갔던 모습들이 영상처럼 눈앞에 펼쳐졌다. 내가 짊어지고 있던 책임을 오늘 다할 수 있을 것이다.

그러기 위해 나는 두려움과 망설임 앞에서 도망치지 않고 적들에 맞서 싸울 것이다.

걷기 시작한 지 삼십 분이 지났을 때쯤 우리는 통로의 끝에 도달했다. 십시로 올라가는 계단 끝을 거대한 철문이 막고 있었다.

제일 앞장서고 있던 흑야풍이 품안에서 철패 하나를 꺼내 위로 치켜들며 외쳤다.

"혈마 장로, 흑야풍."

덜컹!

큰 쇳소리가 났고 이어서 철문이 열리기 시작했다. 상체를 드러낸 거구 한 명이 계단의 끝에 서서 우리를 향해 고개를 숙이고 있었다.

우리는 거구를 무시하고 건물 밖으로 나갔다. 저잣거리가 시선에 들어왔다. 단층 목조 건물들이 빼곡하고, 그사이로 길들이 사방으로 나 있다.

그런데 사람이 단 한 명도 보이지 않았다. 황량하게 바람만이 바닥의 모래들을 쓸어대고 있을 뿐이었다. 마치 시간이 멈추어 버린 듯한 기분이 들었다.

'이…… 이게 어떻게 된 거지?'

당황해서 잔뜩 긴장했던 가슴이 철렁 내려앉았다.

"아, 아무도 없어요."

설아도 놀란 모양이었다.

예전의 기억대로라면 십시의 많은 주민들이 보여야 했다. 하지만 주변은 휑하기 그지없었다.

전쟁이 나서 모두 집을 버리고 도망을 갔거나, 아니면 알 수 없는 역병이 돌아 모두가 죽어 버린 것 같았다.

사람 없는 영화 촬영 세트장 같은 도시의 모습만이 우리를 반겼다.

* * *

사람이 하나도 없는 십시, 평평(平平)은 적막했다. 조그마한 소리 하나 들려오지 않았다.

'설마?'

갑자기 불안한 생각이 들어서 심장이 파닥 하고 뛰었다.

나는 빠르게 흑야풍을 돌아보며 물었다.

"어떻게 된 일인가?"

다른 이들처럼 사방을 훑어보고 있던 흑야풍은 대답을 망설였다. 산화혈녀와 색목도왕과 설아도 모두가 당혹스러워서 말을 하지 못하고 있었다.

 나는 참지 못하고 거구의 문지기에게로 되돌아갔다. 나를 바라본 거구에게 팔을 뻗어 어깨를 움켜쥐었다.

 거구의 얼굴이 잔뜩 구겨졌다. 나도 모르게 힘이 들어간 모양이었다.

 손아귀에 힘을 풀며 외쳤다.

 "밖에 사람이 아무도 없다. 이게 대체 어떻게 된 일인가? 육혈제가 시작된 것이냐?"

 거구는 고개를 설레설레 저을 뿐 입을 열지 않았다. 나는 거구의 입을 열 생각으로 내공을 일으켰다.

 나와 눈이 마주친 그는 몸을 부르르 떨면서도 입을 열지 않았다.

 "대답해! 어서!"

 내 자신도 놀랄 정도로 난폭하게 부르짖었다.

 십이양공의 열기가 그의 온몸을 죄어가고 있는데도 거구의 사내는 독하게도 잘 참아내고 있었다. 여기서 조금 더 내공을 높이면 이자는 목숨이 위태로울지도 모른다.

 "소교주님. 놈은 벙어리입니다."

 색목도왕의 목소리가 들렸다.

 일으켰던 내공을 몸으로 빨아들이자, 거구는 결국 무너져 내렸다. 나는 등 뒤로 몸을 돌렸다. 모두가 내 뒤에 와 있었다.

"달이 아직 다 차지 않았다. 육혈제는 달이 끝나는 날에 한다하지 않았던가? 육혈제가 시작되지 않고서야 사람이 한 명도 없을 리가 있는가?"

나는 흑야풍을 노려보며 물었다.

"분명 육혈제는 달이 끝나는 날에 하기로 되어 있었습니다. 혈마노파는 감금되어 있는 중에도 날짜를 점지해 주었습니다. 그날이 바로 내일입니다."

흑야풍은 확신에 찬 목소리로 대답했다.

그때 산화혈녀가 말했다.

"하루 먼저 시작한 것이 아닐까요?"

설아가 "흡."하고 놀란 숨을 들이마셨다.

"서…… 설마."

설아의 눈동자가 불안하게 흔들렸다.

나는 빠르게 밖으로 나왔다. 아득하게 보이는 혈산을 바라보며 흑야풍에게 물었다.

"육혈제는 어디에서 하는가?"

어쩌면 흑응혈마가 이미 제물로 바쳐졌을지도 모른다는 생각이 들어, 이가 악물어졌다.

"본산 아래에 제단이 마련되어 있습니다."

"달리지 않고 뭐하느냐. 앞장서라. 어섯!"

흑야풍은 명령이 떨어지자마자 앞으로 달려나갔다. 우리들은 흑야풍의 뒤를 따라 텅 빈 마을을 질주했다.

달리는 도중 혹시나 하는 생각으로 주변을 샅샅이 살펴보았는데, 역시 사람은 단 한 명도 보이지 않았다.

'제발······.'

나는 종교가 없지만 세상을 창조한 절대자가 있다고는 믿는다. 바로 그 절대자에게, 흑웅혈마의 심장이 온전하기를 기도하고 또 기도했다.

십시, 평평에서 혈마교 총체본산으로 이어지는 대로에서도 사람은 우리뿐이었다. 누구도 말을 하지 않았다. 입을 열 힘을 달리는데 썼다.

휑한 대로를 있는 힘껏 질주했다.

두 시간쯤 지나자, 아득하게만 보였던 본산이 뚜렷해지기 시작했다. 잠깐 설아를 돌아보았는데 독하게 뜬 두 눈에는 눈물이 맺혀 있었다. 나는 차마 흑웅혈마가 괜찮을 거라는 말을 해주지 못했다.

얼마나 달렸을까?

사람들의 모습이 눈에 들어오기 시작했다.

사막의 모래알처럼 빼곡하게 들어찬 사람들의 수는 헤아릴 수 없을 정도로 많았다. 온통 사람들의 뒷모습만 보였다.

한자리에 이토록 많은 사람들이 몰려 있는 것은 처음 보았다. 중간 중간 사정없이 나부끼는 혈마교의 깃발들도 보였다.

하지만 사람들의 모습에 치여 제단이나 혈마교 고수들의 모습은 아직 보이지 않고 있었다.

아마도 대로 끝, 혈산 아래 자리한 제단에 모여 있으리라.

나는 얼굴을 일그러트리며 지면을 박찼다.

쿵!

하늘 높이 몸이 치솟자, 혈산으로 이어진 대로를 가득 채운 사람들의 모습이 한눈에 들어왔다.

온 내공을 일으켰다.

가슴 끝자락부터 치밀어 오른 감정을 한 번에 분출하며 외쳤다.

저 멀리에 있을 일장로와 그 수하들에게까지 들릴 수 있도록 말이다.

"멈춰어어어어!"

뇌락과도 같은 목소리가 내 입에서 터져 나왔다. 본산에 부딪친 내 목소리가 메아리치며 사방을 울렸다.

운집해 있던 사람들은 그들의 머리 위에 나타난 나를 올려다보았다.

나는 허공을 지면처럼 밟고 한 번 더 튀어 오르며 다시 한 번 외쳤다.

언제 이토록 많은 사람들의 시선을 받아 보았을까?

슈우우우.

나는 빠르게 사람들의 시선을 뚫고 날아갔다.

본산 아래 자리한 제단의 모습이 확연하게 보이기 시작했다.

키 큰 노인과 땅딸보 노인이 제단 앞에 서 있었고, 뒤로는 거대한 병풍이, 앞으로는 오십 개의 계단이 펼쳐져 있었다.

각 계단마다 좌측과 우측 끝에 혈마교 깃발들이 박혀 있었는데, 그 옆에 서 있던 혈마교 고수들 또한 언제라도 달려들 기세로 나를 올려다보고 있다.

계단이 끝난 아래쪽 평지로는 적게는 이십 명 많게는 백 명씩 무리를 지은 일천 고수가 정렬해 있었다.

또한 사방으로 이어진 대로로 십시의 주민들이 빼곡하게 운집해 있다.

즉 혈마교 총체본산과 십시의 모든 사람들이 이곳에 모여 있는 것이다.

타탓!

나는 계단 중앙에 섰다.

내 주위에 있던 혈마교 고수들이 내게 몸을 날려 왔다. 한 방씩 먹여줄 생각이었는데, 생각도 못한 곳에서 그들을 말리는 소리가 들려왔다.

"물러서라."

땅딸보 노인이었다.

혈마교 고수들은 바로 제 위치로 되돌아갔다.

키는 작고 배는 산처럼 앞으로 툭 튀어나와 있지만 무시하지 못할 기운이 그에게서 풍겨 나오고 있었다.
 그러나 그는 일장로 벽력혈장이 아니다.
 일장로 벽력혈장의 모습이 보이지 않았다.
 내 뒤를 이어 산화혈녀와 흑야풍, 색목도왕과 설아 그리고 오장로단과 삼장로단이 속속 도착했다.
 사방이 웅성거림으로 시끄러워졌다.
 땅딸보 노인이 앞으로 한 걸음 내딛었다. 수십만 명이 웅성거리는 소리는 잦아들 생각이 없어 보였는데, 땅딸보 노인의 한 걸음으로 주위가 순식간에 조용해졌다.
 울던 아이가 뚝 하고 멈춘 것과 같았다.
 "기다리고 있었다."
 땅딸보 노인이 우리를 쳐다보며 말했다.
 제법 나이가 있는 자들은 내 얼굴을 보고 놀랐다. 그리고 내 허리춤에 달린 흑천마검을 알아보고는 두 번 놀랐다. 하지만 나이가 어린 이들은 우리 쪽으로 살기를 일으키고 있었다.
 땅딸보 노인의 말 한마디면, 덤벼들 자가 한두 놈이 아닐 것 같았다.
 빠르게 제단 위를 살폈다.
 이미 제식이 끝난 것인지, 아니면 시작을 하지 않은 것인지 흑웅혈마는 그곳에 없었다.
 이를 바득 갈며 외쳤다.
 "흑웅혈마는 어디에 있느냐?"

적의를 드러내고 있던 이들이 내 기운에 반응하여 몸을 움찔거렸다.
 "그러면 하늘에서 혈마의 심판을 받고 있을 것이다. 이틀 전 육혈제의 제물로 바쳐진 배교도를 더 거론하지 말거라. 오늘은 교좌에 오르실 교주님의 즉위식 날이니."
 땅딸보 노인은 단조로운 어조로 말했다. 담담한 그의 표정이 뇌리에 꽂혔다.
 '육혈제가…… 이미 끝났다고?'
 순간 머릿속이 새하얗게 번졌다.

제 5장
누구의 즉위식인가

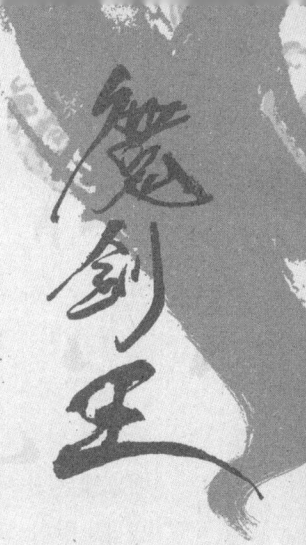

　육혈제가 있던 이틀 전 흑웅혈마는 제물이 되었다. 그 말인즉 흑웅혈마는 이미 이 세상 사람이 아니라는 것이었다. 눈앞의 세상이 핑 돌았다.
　"흑웅혈마가 죽었다고?"
　나는 땅딸보 노인을 향해 외쳤는데, 그 옆에 서 있던 키 큰 노인이 대답했다. 그 노인은 영화 속의 좀비처럼 키가 클 뿐만 아니라 얼굴이 새하얗고 눈썹까지 없었다.
　"혈마의 심판을 받고 있을 것이라 말하였지 않느냐. 한데 네 놈은 교주님께서 말씀하신 대로 전대 교주님을 쏙 빼다 닮았구나. 더욱이 허리춤의 그 검은 본교의 신물이 아닌가?"

키 큰 노인은 흑천마검을 한눈에 알아보았다. 나 역시 두 노인의 정체를 알 것 같다고 생각했다.

이들은 혈마 이장로와 혈마 사장로일 것이다. 누가 이장로이고 누가 사장로인지는 모르지만.

"지금은 아니야. 설아."

뒤에서 색목도왕의 목소리가 들렸다.

어느새 검을 빼든 설아가 앞으로 뛰쳐나가려 했다.

색목도왕이 그런 설아를 말리고 있고, 그 옆으로 노한 눈을 부릅뜬 흑야풍과 빙그레 웃고 있는 산화혈녀가 보였다.

"장로! 이게 어떻게 된 일이오? 교주님은 무엇이고 즉위식은 무엇이란 말이오?"

흑야풍이 외쳤다.

"혈마께선 육혈제에 친히 말씀을 내리시어 작금의 교주님이신 벽력혈장님을 택하셨소이다."

"즉위식 날, 본교의 신물이 되돌아올 것이라 하였소. 보다시피 말이오."

땅딸보 노인과 키 큰 노인이 한마디씩 내뱉었다. 두 노인을 노려보고 있던 나는 입꼬리를 실룩였다. 분노서린 주먹도 나를 재촉하듯이 떨려댔다.

본교의 신물이 되돌아올 것이라니? 이건 대체 무슨 말이란 말인가? 일장로는 우리의 행적을 다 알고 있었단 것이었나. 허면 왜 우리를 막지 않았던 거지?

"교주님께서 지금 본당에서 두 장로를 기다리고 계시오. 삼장로와 오장로는 본당으로 가보시오."

땅딸보 노인이 말했다.

그러자 흑야풍이 철장으로 땅을 내리찍었다.

쿵!

소리와 함께 흑야풍의 기운이 주위로 퍼져 나갔다.

흑야풍은 눈에서 시퍼런 안광을 분출하며 입술을 뗐다.

"이장로, 사장로. 두 분 장로들께서도 분명 두 눈으로 똑똑히 보고 있지 않소."

그러더니 나를 바라보며 말했다.

"신물과 신공만이 아니오. 이분의 얼굴을 보고도 모르겠소? 이분이시야말로 본교의 교좌에 오르실 혈마의 자손이시오. 그것은 나 흑야풍이 혈마의 이름 앞에 떳떳이 맹세할 수 있소이다."

"오장로께서는 육혈제 당일 본교에 없었으니 모르고 있을 것이오. 삼장로와 오장로가 데려온 그 아이는 혈마의 시종이지, 자손이 아니외다. 그 아이가 가져온 신물은 바로 오늘 즉위하실 교주님에게 바쳐야 할 것이오. 혈마께서 그리 말씀하셨소."

땅딸보 노인이 말했고, 그 옆에 있던 키 큰 노인도 고개를 끄덕여 보였다.

그때 색목도왕이 대화에 끼이들었다.

"혈마께서 그리 말씀하셨다? 혈마의 말씀은 오로지 혈마노파만이 들을 수 있다는 걸 이장로도 아실 게요. 한데 혈마노파는 어디에 있는 것이요?"

땅딸보 노인이 혈마 이장로고, 키 큰 노인이 혈마 사장로였다. 그 둘을 설아가 죽일 듯이 노려보고 있었다.

색목도왕이 팔목을 붙잡아 설아를 막고 있었다. 설아는 그것이 원통하고 분한 듯 보였다.

"혈마노파께서는 혈마의 부름을 기다리고 있는 중이시다. 그리고 이제 혈마노파의 아들인 이 미천한 교도가 혈마의 말씀을 받들고 있다."

계단의 맨 위에 서 있던 미남자가 외쳤다.

허리까지 늘어진 그의 흑발이 바람에 쓸렸다.

그가 바로 마의공자일 것이다. 제 어머니를 감금하고 그 직위를 가로챈 자.

'천하의 패륜아!'

나는 마의공자의 오뚝한 콧날을 뭉개 버리고 싶었다. 저들의 뻔뻔한 행동을 더는 참을 수 없었다.

앞으로 달려나가 이장로와 사장로 그리고 마의공자부터 제압하려던 순간, 뒤에서 "꺄르르." 하는 산화혈녀의 웃음이 터져 나왔다.

귀곡성(鬼哭聲) 같은 그 웃음소리에 모두의 눈이 번뜩 떠졌다. 산화혈녀는 내 옆을 스쳐 지나가 마의공자에게로 향했다.

산화혈녀는 누구의 제지도 받지 않고 마의공자 앞에 섰다.

마의공자는 고양이 앞의 쥐처럼 산화혈녀의 눈치를 살폈다. 산화혈녀가 오른 손등으로 마의공자의 뺨을 쓸어내렸다.

"무호동중리작호(無虎洞中狸作虎)라 하였어. 호랑이가 없는 굴에 여우가 주인이지. 그지? 그런데 이를 어쩐담. 호랑이가 돌아와 버렸는걸."

산화혈녀가 손등으로 마의공자의 뺨을 툭 하고 밀자, 땅딸보 노인이 입을 열었다.

"그만하시오. 산화혈녀. 마의공자는 혈마무문주이기 전에 혈마의 말씀을 받들고 있소. 삼장로와 오장로는 육혈제에 있지 않아서 보고 듣지 못한 게 많지 않소. 본당으로 가서 교주님을 뵈면 작금의 사태를 이해할 수 있을 게요."

"설마 당신, 정말로 믿고 있는 거예요? 이런 어수룩한 허설(虛說)들을요."

"……."

"한데 일장로는요? 교좌가 그리도 탐이 났다면 제대로 했어야죠. 이런 명분 없는 즉위식은 세 살배기라도 비웃을 겁니다. 그럼 본교의 위신은 한없이 추락할 것이고, 죽어서는 혈마의 심판이 있을 거예요."

모두가 산화혈녀의 말을 듣고 있었다.

이렇게까지 산화혈녀가 일장로를 비난하고 나오자 일대는 다시 소란에 휩쓸렸다.

혈마교 고수들도 산화혈녀의 말에 갈등하고 있음이 보이기 시작했다.

"모든 것은 혈마의 말씀대로요. 그분의 말씀을 의심하지 말아야 할 것이오. 산화혈녀. 흑야풍. 두 분은 흑웅혈마나 색목도왕과 같은 배교도가 아니지 않소?"

이장로인 땅딸보 노인이 얼굴을 찌푸리며 말했다.

쿵!

철지팡이 소리가 먼저 났다.

"산화혈녀가 언제 혈마의 말씀을 의심하였소이까? 산화혈녀와 나, 흑야풍은 마의공자가 혈마의 말씀을 받들고 있다는 것을 믿지 않소이다. 혈마노파는 대체 어디에 있는 게요?"

흑야풍이 말했다.

그의 말이 끝나자마자 사방의 술렁거림은 더욱 커져서 메아리치듯 들려오기 시작했다.

이장로와 사장로의 얼굴이 잔뜩 일그러졌다.

"소마. 대뇌마단 단주 구음장(九陰掌)이 한 말씀 올리겠습니다."

상층부 계단에 서 있던 남자가 포권을 취하며 앞으로 몇 걸음 나섰다. 모두의 시선이 그에게로 쏠렸다.

"대상마이신 혈마 삼장로님과 혈마 오장로님의 고견을 듣고 보니 소마도 이번 즉위식에 의문이 드옵니다. 두 분 대상마께서는 신물을 지니신 분을 소교주로 인정하시어 이곳으로 모셔 왔습니다."

"혈마께서 말씀하셨지 않은가. 그분의 시종이 자손에게 바칠 신물을 가지고 돌아올 것이라고."

"그건 혈마무문주 마의공자의 말이 아닙니까? 혈마노파께서는 보이시지 않았습니다. 더욱이 신물이라 함은, 혈마의 자손을 알아보고 그분을 주인으로 여기는 혈마의 검이 아니었습니까? 오로지 혈마의 자손만이 신물을 지닐 수 있는 것이고, 그 외에는 신물을 만질 수도 없는 것이 아니었습니까?"

"구음장!"

그 순간 강한 내력이 이장로 땅딸보 노인의 입에서 터져 나왔다.

"지금 네놈이 어떤 말을 하고 있는 줄 아느냐?"

땅딸보 노인의 불호령에 중년남성은 포권을 취하고 뒤로 물러났다. 하지만 이미 상황은 걷잡을 수 없었다.

계단에 서 있는 혈마교 고수들은 고목나무처럼 번듯하다. 하지만 계단 아래로 자리한 수많은 혈마교도들과 십시 주민들은 아우성대고 있었다.

나는 입술을 질끈 깨물었다. 이러한 권력놀음이나 하려고 온 게 아니다. 분개한 설아의 얼굴을 보고 더욱 확실하게 깨달았다.

가장 중요한 인물이 지금 이곳에 없다. 나는 놈의 이름을 부르짖었다. 내 전신에서부터 몰아쳐 나온 열풍이 말을 담고 주위로 퍼져 나갔다.

"벽력혈장! 썩 나와!"

터벅터벅.

십이양공을 일으키며 제단으로 향했다.

한 걸음씩 내딛을 때마다, 발에 닿은 계단이 쩌저적 하고 갈라졌다. 파편이 허공으로 튀어 오르자마자 열기에 짓눌려 산산조각 났다.

십이양공의 열기는 실체화되었다.

전신에서 실오라기처럼 붉은 기운이 피어올랐다.

이장로와 사장로의 눈이 휘둥그레졌다. 그 두 노인이 놀라자 혈마교 고수들은 황급히 병기를 빼 들며 내력을 일으켰다. 사방에서 강맹한 공력들이 느껴졌다.

송곳처럼 날카롭고 야수의 이빨처럼 흉흉한 그것들. 하지만 나는 아무것도 두렵지 않았다.

'올 테면 와봐. 다 박살내줄 테니까.'

저들의 살기는 오히려 내 열기를 더욱 뜨겁게 만들어줄 뿐이었다. 나는 앞을 직시하며 발걸음을 옮겼다. 한 명 한 명의 움직임이 두 눈에 포착되었고, 그들이 움직이면 바로 한 방씩 먹여줄 생각이었다.

그때였다.

하늘에서 큰 울림이 있었다.

"감히 누가 혈마의 말씀에 의문을 품는 것이냐!"

그것은 갑작스럽게 나타났다. 그 거대한 기운에 나는 온몸의 털이 쭈뼛 서는 느낌을 받았다. 하지만 정작 어디에서 뿜어져 나오는지 감 잡을 수 없었다.

나의 열기를 짓누르는 기운은 사방 어디에고 있었다. 온 천지를 울리는 목소리 또한 마찬가지였다. 마치 수백의 절정고수가 곳곳에서 외쳐대고 있는 것 같았다.

'저쪽이다!'

겨우 알아챈 나는 본산으로 이어진 높은 계단을 향해 고개를 들었다.

백발의 노인이 천천히 내려오고 있었다.

발은 계단보다 한 치 위에 있어, 유유히 지상으로 내려오는 하늘 위의 신선처럼 보였다.

흑색비단 장포에 적색과 황색 수실이 새겨진 예복, 무릎 뒤까지 내려오는 긴 백발, 강인한 눈매, 큰 키에 바위보다 단단해 보이는 몸매. 위엄이 서린 강직한 얼굴.

내가 기억하고 있던 벽력혈장의 모습이 아니었다.

그때는 허리가 굽었고 인상도 지금의 분위기와는 몹시 달랐다. 이쪽 세상의 시간이 몇 달 지나간 사이, 일장로 벽력혈장은 다른 사람이 되어 있었다.

무엇보다도 그가 보란 듯이 흘려보내고 있는 강한 공력!

그것은 나보다 몇 수 위였다.

와아아아!

십시 주민들 쪽에서 함성이 터져 나왔다. "교주님!"하고 외치는 누군가의 큰 목소리도 들렸다.

 이장로와 사장로, 그리고 혈마교의 고수들이 그를 향해 허리를 숙이기 시작했다.

 '그렇단 말이지?'

 나는 신선처럼 한껏 폼을 잡으며 내려오는 일장로의 모습에 입술을 비틀어 올렸다.

 즉위식에 있어 방해물이 될 나를 이곳에 왜 오도록 내버려 두었는지 궁금했는데 그 의문이 한순간에 다 풀렸다.

 나를 이길 자신이 있었던 거다.

 앞선 이들의 말처럼 나를 마검의 전령, 단지 심부름꾼으로 꾸며 모두의 앞에 보이려는 게다.

 '훗, 하지만 헛다리 짚었어.'

 나는 손에 쥔 마검을 흘깃 바라보며 코웃음 쳤다.

    *   *   *

 벽력혈장이 제단 앞으로 걸어왔다. 절정을 뛰어넘은 그 무언가가 그에게서 느껴졌다. 벽력혈장은 고대 로마의 황제와도 같은 위엄을 풍기며 주위를 천천히 돌아보다가, 나를 보자 시선을 멈췄다.

 그의 눈이 말하고 있다.

 '여긴 내 무대이고 너는 단지 나를 더욱 위대하게 만들어

줄 제물에 불과해.'라고 말이다.

그의 입은 이렇게 이야기한다.

"성스러운 즉위식에 드디어 혈마의 시종이 왔군. 하지만 어찌된 일인지 너는 네가 할 일을 모르는 것 같구나."

벽력혈장은 아주 자신만만했다.

내가 뿜어내고 있는 십이양공의 열기를 빈틈없이 짓누르고 있으니 그럴 만도 할 것이다. 하지만 그가 모르는 게 있다.

내게는 흑천마검이라는 유용한 도구가 있다. 여차하면 저쪽 세상으로 넘어가, 무한정으로 수련을 하여 공력을 증진시킨 뒤에 돌아올 수도 있는 것이다.

'시간은 내 편이다.'

나는 벽력혈장의 말을 비웃었다.

"아주 잘 알고 있지."

"하면 본좌에게 신물을 가져오너라. 그리고 옷을 벗고 제단 위에 누워라."

벽력혈장이 손을 한 번 까닥였다.

나는 벽력혈장의 몸에서 오로라처럼 피어오르는 검은 기운들을 주시했다. 다시 보아도 나보다 강한 공력을 지녔다.

십이양공을 대성하였다면 모를까 십이성 중 십성에 달한 지금의 나로서는 벽력혈장의 적수가 되지 못한다는 것이, 해가 동쪽에서 뜨는 것만큼이나 확실했다.

하지만 적을 알아야 그에 대한 대비를 할 수 있을 것이다.

얼마나 길고 짧은지 일단 대보아야 내 약점을 알고 보완책을 찾을 것 아닌가.

"네놈이 내게 목숨을 바쳐야 해!"

타핫!

바로 지면을 박찼다.

눈 깜짝할 사이에 나는 벽력혈장의 앞에 당도했다. 뒤늦게 혈마교 고수들에게서 "교주님!"하는 외침과, 내 편에서 "소교주님!"하는 상반된 외침이 터져 나왔다.

나는 놈의 눈을 노려보며 명왕단천공을 펼쳤다.

그때 벽력혈장이 이 순간을 기다렸다는 듯이 입꼬리에 얇은 미소를 머금었다. 그 빌어먹을 입가로 일권을 뻗었다.

그것을 시작으로 명왕단천공 삼식이 머릿속에 권로(拳路)를 만들어내기 시작했다. 머릿속에 영상들이 떠오르자마자 그 영상들을 실체화시켰다.

관자놀이, 코, 복부, 허리, 목, 눈, 어깨, 이마, 명치, 뺨!

쉬익. 쉬익.

주먹과 손등 그리고 팔꿈치를 움직였다.

벽력혈장의 눈이 내 공격을 한 치의 오차도 없이 읽어갔다. 벽력혈장은 손등과 손바닥으로 내 공격들을 모두 쳐냈다.

눈 한번 깜짝할 시간에 우리들은 열 번의 공방을 주고받았다. 내가 공격을 멈추자, "콰콰쾅!"하는 뒤늦은 폭발음들이 연거푸 들려오기 시작했다.

조금 전의 공방으로 튕겨 나온 공력들이 사방으로 부딪친 것이었다. 이 모든 건 한순간에 벌어진 일이라, 혈마교 고수들이 대비할 시간이 없었다.

몇 명이 부상을 입었고, 운 좋게 몸을 피한 혈마교 고수들은 부상당한 자들을 부축하며 옆으로 혹은 뒤로 몸을 날렸다.

"지금부터 본좌는 혈마의 말씀을 받들어 그분의 검을 되찾으려 한다. 본좌는 혈마의 자손으로서 검을 되찾아, 그분의 자손임을 다시 한 번 증명하겠다. 하니 모두 물러나 이 일에 아무도 간섭치 말라! 이것은 본교의 교주이자 혈마의 아들인 나의 일이다."

벽력혈장이 시선을 내게 두며 외쳤다.

어느새 벽력혈장과 내가 서 있는 제단을 중심으로 반경 오십 미터 안에는 사람이 아무도 없게 되었다. 나는 색목도왕의 품안에서 발버둥치는 설아를 발견하고 이를 악물었다.

벽력혈장과 나.

우리 둘만을 위한 콜로세움이 세워졌다. 우리는 십 보 정도 거리를 두고 서로를 노려보았다.

『본교의 신공. 명왕단천공이긴 하군.』

벽력혈장이 전음으로 말했다. 그의 미소에서 절대강자의 여유가 묻어나왔다.

'얼마나 강한 것이지?'

나는 아직도 벽력혈장의 무위를 짐작할 수 없었다.

『하지만 오늘을 끝으로 본교의 신공은 본좌의 흑무천마장(黑霧天魔掌)으로 바뀌게 될 것이다. 죽어서 전대 교주를 만난다면 본교는 걱정 말라 일러라. 본좌가 본교를 천하유일교로 만들 것이니.』

지금껏 느껴보지 못했던 강대한 기운이 벽력혈장의 전신에서 터져 나왔다.

화락!

벽력혈장의 긴 백발이 사방으로 뻗쳐올랐다.

급히 십이양공의 공력을 십성으로 끌어 올렸지만 놈의 기운에 비해서는 턱없이 부족했다.

사람이라는 존재가 이토록 강한 기운을 지닐 수 있는 존재였단 말인가?

나는 벽력혈장에게서 새로운 세계를 보았다.

다른 이들도 그러했는지 저 멀리에선 천유본교로 시작하는 혈마교의 열여섯 글자 교언이 들려오기 시작했다. 혈마교 고수뿐만 아니라 십시의 주민들이 모두 입을 맞춰 외쳐댔다.

흡사 벽력혈장의 엄청난 무위를 칭송하듯이.

'넘어갈까?'

반사적으로 흑천마검을 움켜쥐었다.

그러나 해볼 수 있는 데까지는 해보자는 생각으로 검집에서 손을 떼고 벽력혈장의 움직임을 주시했다.

크게 펼쳐진 벽력혈장의 손바닥으로 검은 기운이 서렸다.

그것이 단 일격으로 나를 무(無)로 되돌려 보낼 우주의 블랙홀처럼 느껴졌다.

머릿속에선 명왕단천공이 무한하게 펼쳐지고 있지만, 나는 섣불리 움직일 수 없었다. 지금 뛰어들면 불을 향해 날아가는 나방과도 같은 형세일 것이다.

'끝까지 가보자.'

나도 십성의 공력을 모조리 끌어 올려 양 주먹에 담았다. 우리 둘의 전신에서 뿜어져 나오는 기운들이 허공에서 부딪쳐 사방으로 뻗어 나갔다. 대포소리 같은 굉음이 사방에서 울려댔다.

『잘 가시게.』

짤막한 전음이 머릿속에서 파닥 하고 튀었다.

그 순간 벽력혈장이 미끄러지듯 날아왔다.

내 가슴을 노리고 날아드는 벽력혈장의 큰 손바닥에 눈이 번쩍 떠졌다.

나는 몸을 띄워 피하려고 했다.

그런데 하늘 위에서도 검은 손바닥 형상을 한 장력들이 소나기처럼 쏟아져 내리고 있었다. 그것들은 내게 부딪치기도 전에 나를 압박했다.

중력이 수십 배로 늘어나 버린 것 같은 느낌을 받았다.

관자놀이에서 뻗은 굵은 핏줄이 불끈 솟고, 밟힌 지렁이처럼 꿈틀거렸다.

'도, 돌아가야 해!'

퍼억! 퍽!

쏟아져 내리는 장력에 온 몸이 바스러질 듯 구겨졌다.

'늦었다.'

핏물이 터져 나왔다. 몰려오는 고통에 눈앞이 샛노래졌다. 넘어지지 않고 간신히 버티고 서긴 했다. 바로 앞으로 마지막 살수를 준비하는 벽력혈장의 모습이 보였다.

쿨럭!

나는 한 움큼의 피를 토해냈다. 몸이 부르짖고 있다. 더는 안 된다고, 어서 현실로 되돌아가자고! 집으로 돌아갈 생각에 흑천마검을 움켜쥐었다.

그 순간 흑천마검이 강하게 떨렸다.

어찌나 강도가 세던지 자칫 검을 놓칠 뻔했다. 흑천마검의 검 자루에 박힌 붉은 옥이 번쩍였고 머릿속으로 한 음성이 침입해 들어왔다.

'저놈을 죽이고 싶지? 나를 뽑아라.'

오랜만에 듣는 목소리였다.

두 번 다시 듣고 싶지 않았던 목소리이기도 했다.

그런데 지금 이 감정은 뭐지? 흑천마검이 말을 걸어오길 줄곧 기다리고 있었던 사람처럼 가슴이 두근거렸다.

'안 돼.'

고개가 저어졌다.

여우를 물리치자고 호랑이를 풀어줄 수는 없는 법이다! 아주 당연한 이치다.

'흑천마검을 뽑으면 설아의 복수를 해주고, 귀영친위대의 희생에 대한 책임을 다할 수 있어.'

손을 타고 전해 오는 흑천마검의 진동이 악마의 속삭임처럼 느껴졌다.

짧은 순간 오만 가지 생각이 머릿속을 휘저었다. 결론을 말하자면 나는 악마의 유혹을 이겨냈다.

뽑지 않을 것이다.

흑천마검을 뽑지 않고 이대로 집에 돌아갈 것이다. 지난번처럼 다시 강해져서 오는 거다. 나는 입가에 피를 흘린 채로 벽력혈장과 흑천마검에게 씩 웃어보였다.

우우우웅.

흑천마검이 더욱 거세게 검신을 떨었다.

'*말을 안 듣는군.*'

그 말을 끝으로 형체 없는 뭔가가 내 몸 안으로 스며들어왔다. 그것은 혈관을 타고 정수리로 솟구쳤다. 공력으로 밀어내려고 해보았지만, 그것은 너무도 간단히 내 공력을 뚫었다.

팟!

눈이 새롭게 떠지는 느낌을 받았다.

쌍장을 뻗으며 몸을 날려 오는 벽력혈장의 모습이 보였다. 피해야 한다는 생각으로 지면을 박차려고 했다.

'뭐야!'

발이 움직이지 않았다.

십성의 공력을 양 주먹에 담아 쌍장에 맞부딪치려고도 마음먹었지만 이번에도 마찬가지였다. 원인 모를 이유로 몸을 통제하지 못하는 순간, 벽력혈장의 쌍장이 한 치 앞에 와 있었다.

소리 없는 아우성만이 머릿속에서 윙윙거렸다.

그때였다.

체내의 공력이 제멋대로 움직였다.

온몸의 근육이 전기 자극을 받은 것처럼 움찔거렸다. 내 생각과는 상관없이 몸이 저절로 움직이고 있는 것이다.

문득 팔 하나가 시선에 들어왔다. 너무나도 익숙한 그 팔은 바로 내 것이었다.

벽력혈장과 마찬가지로 손을 활짝 핀 내 팔이 벽력혈장의 쌍장을 향해 뻗어 나갔다.

쌍장과 쌍장이 서로 맞부딪치려는 순간, 갑자기 시선이 위로 올라가졌다. 전체적인 무게 중심이 뒤로 쏠리고 허리가 뒤로 꺾였다. 다리가 움직였다.

팡!

발이 벽력혈장의 복부를 노렸다.

벽력혈장 또한 몸을 비틀며 손바닥으로 내 다리를 흘려보냈다. 이미 기운과 기운이 충돌하였다.

벽력혈장의 몸이 하늘로 떠올랐고, 나는 다리에서 이는 통증에 이를 악물고 싶었다. 하지만 그럴 수 없었다.

'심지어 얼굴까지 내 마음대로 할 수 없단 말인가?'

아이러니하게도 내가 다른 사람의 몸속에 들어와, 그 사람의 눈과 감각으로 상황을 인지하고 있는 것 같다는 기분이 들었다.

내 눈은 하늘로 떠오른 벽력혈장을 뒤따랐고 손아귀로 검자루가 쥐어지는 게 느껴졌다.

스릉.

밑에서부터 검은 빛이 뿜어져 나왔다.

벽력혈장의 검은 기운은 지금 뻗어 나오고 있는 또 다른 검은 기운에 비하면 어린아이 수준에 불과했다.

손을 타고 불가사의한 거대한 힘이 온몸으로 밀려왔다.

밑에서부터 검신이 스르르 모습을 드러내기 시작했다.

검신은 온통 검은 빛에 둘러싸여 있었고, 검 끝으로 몇 자 이상의 날카로운 그림자가 이어져 있었다.

'아아……'

이상할 정도로 몸과 마음 모두가 짜릿했다.

심장의 박동소리가 기분 좋게 들렸다.

그렇다.

나는 검집에서 흑천마검을 빼 들어 움켜쥐고 있었다.
화락!
치켜 들린 흑천마검이 검은 빛을 발산했다. 시선에 들어온 모든 곳으로 빛이 뻗어 나갔다.
그 위압감이란!
이것이야말로 세상에 우뚝 선 제일의 힘이다.
인정하고 싶지 않지만 사실이 그랬다.
"아아아!"
흑천마검을 향한 경외어린 음성들이 곳곳에서 들려왔다. 혈마교 고수들과 십시의 주민들, 그리고 우리 쪽 사람들이 짓는 표정들이 하나하나 시선에 들어왔다.
훼엑.
갑자기 시선이 위로 이동했다.
먹이를 낚아채려는 독수리처럼, 하늘에서 내게로 날아드는 벽력혈장이 보였다. 그의 얼굴은 잔뜩 일그러져 있었다.
탓!
내 몸도 벽력혈장을 향해 치솟아 올랐다.
내 의지와는 상관없이 움직이고 있는 내 몸. 그러나 더 이상 거부감이 들지 않는다. 나는 몸이 움직이며 전해 주는 오감을 모두 느끼고 있다.
손으로는 검 자루의 스산한 촉감이, 눈으로는 벽력혈장의 일그러진 얼굴을, 어깨로는 부드러운 근육의 움직임이, 코로는 오고 나가는 뜨거운 열기가 생생히 느껴졌다.

그리고 몸 전체로는 그 어느 때보다도 뜨겁게 타오르고 있는 공력이 일렁이고 있음을 알 수 있었다.

거대한 힘!

무엇이든지 깨트리고 부셔 버릴 수 있는 거대한 힘 속에 나도 함께 있는 것이다.

지금 내 몸을 움직이고 있는 것이 흑천마검일지라도 상관없다고 생각했다. 지금 느끼고 있는 감정들은 태어나서 처음 맛보는 최고의 쾌감들이었다.

나는 웃고 있었다.

이런 나를 본 벽력혈장이 연거푸 장력을 쏘아 보냈다.

흑무천마장이라고 했던가? 또다시 쏟아져 내리는 검은 손바닥은 흑천마검이 한 번 움직이고 나자 흔적도 없이 사라졌다. 그때 경악으로 일그러진 벽력혈장의 얼굴을 발견하였다.

으득.

벽력혈장이 이를 악물더니 쉴 새 없이 팔을 뻗어댔다. 검은 손바닥들이 기관총의 총알들처럼 빠르게 쏟아져 나와 시선을 가득 채웠다.

그럼에도 내 심장은 조금도 동요하지 않았다.

평범한 일상 속의 한 부분인 듯 심장은 고요하기만 했다. 그렇게 나는 진정으로 강자의 여유를 느끼고 있었다.

흑천마검이 벽력혈장을 향했다. 그대로 놈을 향해 날아올랐고, 장력들은 흑천마검이 만들어낸 검막에 튕겨졌다.

콰콰쾅!

지면에서 폭발음들이 들렸다.

어느새 나는 벽력혈장 앞에 도달해 있었다.

벽력혈장은 진기까지 일으켰다.

그것으로 보아 그는 죽음을 예감한 것 같았다. 벽력혈장의 눈에서 원통한 살기가 일어났다.

벽력혈장은 흰자위 승한 눈을 번뜩이며 내 얼굴을 향해 일장을 뻗었다. 목숨을 담보로 한 공격은 과연 매서웠다. 손바닥 하나가 수천 개의 칼날보다 날카로웠다.

그 공격에서 '죽어도 혼자선 죽지 않는다! 이대로 죽기엔 너무나도 원통해!' 라는 벽력혈장의 절규가 들려왔다.

하지만 흑천마검이 뿜어내는 강력한 기운은 벽력혈장을 압도하고 있었고, 벽력혈장의 일장이 뻗어오는 동시에 흑천마검의 일격도 그를 향해 날아가고 있었다.

내 눈에서 불이 확 켜졌다.

스삿.

흑천마검이 섬광을 그리며 벽력혈장의 오른 팔목을 잘랐다. 공력으로 둘러싸인 벽력혈장의 팔목이 두부 잘리듯이 베어져 버린 것이다. 반마의 경지에 이른 초절정고수의 손이 주인을 잃고 지면으로 추락했다.

흑천마검은 다시 움직였다.

그 모습은 벽력혈장의 얼굴이 고통으로 구겨지는 것보다 더욱 빨랐다.

벽력혈장의 심장을 향해!

푸욱.

손을 타고 전해 오는 짜릿한 촉감에 정신이 번쩍 들었다.

"커억!"

벽력혈장이 신음을 터트렸다.

벽력혈장은 고개를 내려 검에 꿰뚫린 자신의 가슴을 바라보았다. 그의 눈이 불신으로 파르르 떨렸다. 하지만 곧 그의 눈은 자신의 죽음을 받아들인 듯 초연해졌고 무게 중심도 허물어졌다.

나는 벽력혈장의 가슴에 흑천마검을 꽂은 채, 아래로 같이 떨어졌다.

발아래에는 제단이 있었다. 흑천마검은 벽력혈장의 심장을 꿰뚫으며 제단에 박혔다. 그때까지도 벽력혈장은 숨이 끊어지지 않았다.

벽력혈장은 몸을 꿈틀거리며 입을 열었다.

"내가…… 교주의 자리에 우뚝 설 내가……!"

흑천마검을 쥔 손이 움직였다. 아주 가볍게 흑천마검을 좀 더 그의 가슴에 밀어 넣었다.

푸욱!

벽력혈장은 눈을 부릅뜬 채로 죽었다.

그것으로 끝이라 생각했는데 시작은 그때부터였다.

벽력혈장의 온몸에 서려 있던 공력들과 그가 마지막에 끌어올렸던 진기들이 흑천마검 안으로 빨려 들어오기 시작했다. 심지어는 피까지 딸려오는 것이었다.

흑천마검의 검은빛이 점점 짙어졌다. 그에 비례하여 벽력혈장의 강직했던 얼굴 살이 오그라들더니 급기야 거죽만 남게 되었다.

스르르르.

얼굴에서 목으로 가슴으로, 흑천마검은 그렇게 그의 몸 전체를 빨아들였다.

장대했던 몸이 수축되고 나자 비단장포가 헐렁헐렁해졌다. 벽력혈장의 시신은 거죽이 있을 뿐이지 해골과 다를 바 없었다.

흑천마검의 검신에서 입가에 피를 묻힌 채 흡족한 미소를 짓고 있는 흑포마괴의 얼굴이 보였다.

흑천마검이 벽력혈장을 먹어 버렸다.

처음부터 그럴 마음으로 나를 조성한 게 분명하다.

수욱.

내 몸이 벽력혈장의 시신에서 흑천마검을 빼냈다. 그리고는 흑천마검을 검집에 넣고 손을 뗐다. 흑천마검을 쥐고 있을 때 느껴졌던 거대한 기운들이 일순간 사라졌다.

그제야 나는 내 몸을 되찾을 수 있었다. 줄곧 고요했던 심장이 역동하기 시작했다.

두근두근!

나는 미라처럼 변해 버린 벽력혈장을 내려다보았다. 흑천마검을 빼 들고 벽력혈장을 베기까지의 일들을 떠올리자 마치 생생한 꿈을 꾸고 난 듯한 느낌에 사로잡혔다.

그때였다.

"지유본교. 천유본교. 천세만세. 마유혈교!"

하늘을 뒤엎고도 남을 외침이 터져 나왔다. 고막이 찢어질 듯 진동하는 함성을 들으며 고개를 들었다. 눈앞의 사람들이 무릎을 꿇고 고개를 조아리기 시작했다.

수만, 수십만의 사람들이 보인다.

수를 셀 수 없을 정도로 많은 사람들이 모두 같은 동작으로 교언을 외친다. 지금 이곳, 혈마교를 가득 메운 외침소리가 광적으로 끓어 올랐다.

다 허물어진 계단을 올라서 내게로 걸어오는 사람들이 보였다. 색목도왕, 흑야풍, 산화혈녀, 그리고 내게 적의를 드러냈던 이장로와 사장로까지.

그들 다섯은 모두 진중한 얼굴이 되어서 내 앞에 도착했다.

"지유본교. 천유본교. 천세만세. 마유혈교! 교주님을 뵈옵니다!"

다섯이 일제히 외치며 포권을 취함과 동시에 고개를 조아렸다. 그들의 목소리가 수십만 외침에 더욱 불을 지폈다. 온 천지에 가득한 수십만 교도들의 외침소리가 한없이 커졌다.
'아아.'
벅차오르는 감정으로 몸이 부르르 떨린다. 심장이 몸을 뚫고 나올 듯이 쿵쾅거렸다.
어느새 나는 있는 힘껏 주먹을 쥐고 있었다.

혈마교의 교언 열여섯 글자가 입 밖으로 나온 후부터는 불가사의한 힘이 온몸에 가득 실린다.
가슴이 벅차올랐다.
형용할 수 없을 그것들이 사방에서 우렁차게 들려왔다.
내게 절을 하는 사람들을 바라보던 그때, 서쪽 저편에서 이쪽으로 접근하는 한 무리의 기운들이 느껴졌다. 혈마 장로들에 비해 무위가 낮은 이들이었다. 색목도왕과 비등한 내공의 소유자들이다.
일장로의 수족들이라면 단번에 해치워 버리겠다고 마음먹으며 그쪽으로 고개를 돌렸다.
그들이 시선에 들어왔다.
나는 그들 중 한 명을 알아보고 눈이 휘둥그레졌다.
나는 떨리는 목소리로 중얼거렸다.
"흑……흑웅혈마……."
분명 이미 제물로 바쳐졌다던 흑웅혈마였다.
우람한 덩치에 강박한 인상, 날카로운 그 눈빛을 어떻게 잊을 수 있을까?

 헛것을 본 것이겠지 하고 눈을 비비고 다시 떴는데 흑웅혈마는 제단 가까이로 날아오고 있었다.
 틀림없는 흑웅혈마였고, 그는 죽지 않고 살아 있었다.
 반가움과 기쁨 그리고 안도로 눈앞이 핑 돌았다.
 탓!
 흑웅혈마가 내 앞에 도착했다.
 그 뒤로 허리가 굽은 노파와 검은 천으로 얼굴을 가린 남자, 그리고 사마귀 같은 인상의 사내가 잇따랐다.
 이들의 직속 부하들로 보이는 검은 무복을 입은 사십여 명이 멀찌감치 떨어져 다른 혈마교 고수들처럼 내게 절을 했다.
 "흑웅혈마!"
 나는 흑웅혈마의 얼굴을 바라보며 부르짖었다.
 "소마, 흑웅혈마. 지엄하신 교주님을 뵈옵니다."
 흑웅혈마가 고개를 조아리기 전 찰나의 순간에, 나는 흑웅혈마의 눈가에 맺힌 눈물을 보았다. 살아 있는 흑웅혈마를 보니 말문이 막혔다.
 사실 이 노인과의 만남은 아주 잠시뿐이었지만, 그와 떨어져 있던 오랜 기간 동안 설아로 인해 인연의 고리는 오히려 더욱 단단해졌다.
 "할아버지!"
 멀리서 설아의 목소리가 들렸다.

설아는 허겁지겁 뛰어와 흑웅혈마를 뒤에서 껴안았다. 흑웅혈마의 등에 얼굴을 파묻고선 흐느끼기 시작했다.

흑웅혈마가 설아를 떼어내며 들뜬 어조로 말했다.

"설아야. 기다리거라."

설아가 "예!"하고 손등으로 눈물을 훔쳤다. 콧물과 눈물로 범벅이 된 그 얼굴이 왜 이리도 어여쁘게 보였는지, 이대로 그녀를 안아주고 싶다는 생각이 들었다.

흑웅혈마와 같이 온 세 사람이 포권하며 말했다. 얼굴을 알아볼 수 없게 온통 흑포로 감싼 남자가 첫마디를 꺼냈다.

"교주님을 뵈옵니다. 영귀단주 무영사(無影死)입니다."

사마귀 같은 인상의 사내가 뒤를 이었다.

"교주님을 뵈옵니다. 영마단주 하천마수(下天魔手)입니다."

마지막은 백발을 산발한 노파였다.

"혈마의 말씀을 받들고 있는 화미라 하옵니다. 혈마께서 이르시길, 그분의 자손이 오신다기에 이 날만을 학수고대하고 있었사옵니다, 교주님."

영귀단주와 영마단주. 사귀사마팔단(八團) 중에 유일하게 일장로를 따르지 않고 모습을 감춰 버린 그들이 바로 내 눈앞에 있었다.

백발의 노파에 대해서는 많이 들어 알고 있었다.

바로 이 노파가 혈마노파일 것이다.

나는 고개를 끄덕여 보인 후, 다시 흑웅혈마에게로 시선을 돌렸다. 흑웅혈마의 어깨를 붙잡고 물었다.

"이게 어떻게 된 일인가?"

가슴에서 뭔가가 복받쳐 올라왔다.

"나는…… 나는 그대가 이미 제물로 바쳐진 줄 알았다. 설아도 그러했고."

흑웅혈마가 고개를 들었다.

그리고 흑웅혈마의 뒤로 펑펑 울고 있는 설아의 모습이 시선에 들어왔다. 슬픔의 눈물이 아니라 기쁨의 눈물이었다.

'마음껏 울어도 돼. 설아의 할아버지는 살아 있었어.'

그렇게 눈으로 말한 후에 흑웅혈마의 대답을 기다렸다. 색목도왕과 산화혈녀 그리고 흑야풍은 나와 같은 표정을 지었다.

줄곧 혈마교에 남아 일장로의 밑에 있었던 이장로와 사장로의 얼굴도 경악으로 물들었다. 어느 누구도 흑웅혈마가 살아 있으리라고는 예상치 못했던 것이다.

흑웅혈마가 말했다.

"못 뵌 사이에 많이 달라지셨군요. 본교의 큰 복입니다."

그러면서 말을 계속했다.

"제물로 바쳐진 건 소마가 아니라, 소마의 모습을 한 배교도였습니다."

아무렴 상관없었다.

흑웅혈마가 죽지 않고 살아 있고, 그것이 설아에게 얼마나 큰 기쁨인지가 중요했다.

"배교도 벽력혈장이 본교를 점거했을 때, 혈마노파의 안배가 있었습니다."

나는 흑웅혈마의 시선을 따라 혈마노파를 바라보았다. 산발한 백발과 굽은 허리, 그리고 사십 킬로그램도 안 되어 보이는 왜소한 몸매는 어느 동네에나 있을 평범한 할머니를 연상케 했다.

혈마노파가 지은 미소는 무척이나 온화했다. 돌아가신 외할머니의 따뜻함이 혈마노파에게서 느껴졌다.

혈마노파가 제단 위의 벽력혈장을 돌아보며 말했다.

"혈마께선 그분의 검에 바쳐진 제물에 매우 흡족해하십니다. 바로 오늘이 교주님께서 교좌에 오르심을 천명하실 날이옵니다."

혈마노파의 말대로 제단 위의 벽력혈장 모습은 영락없는 제물의 그것이었다.

나는 혈마노파의 말에 크게 공감하여 고개를 끄덕였다.

그렇지 않아도 이 여정의 종지부를 찍을 차례가 왔다고 생각하던 참이었다.

나를 위해 모든 걸 희생해 온 흑웅혈마, 색목도왕, 설아 그리고 귀영친위대.

내가 교좌에 오르는 것으로 이들에 대한 미안함을 조금이나마 덜 수 있겠구나 싶었다.

밤하늘의 별처럼 빛나는 설아의 눈동자와 무언가를 재촉하듯 눈을 깜박이는 색목도왕, 감격에 겨운 흑웅혈마, 이미 나를 교주로 높이 여기고 있는 혈마 장로들.

나는 혈마교 고수들과 십시의 주민들에게로 고개를 돌렸다. 모두 절을 하고 있지만, 나를 두려워하면서도 우러러보는 그 감정들이 하나하나 와 닿았다.

나에 대한 그들의 충성과 존경심에 내 마음이 움직이고 입술이 열린다. 나는 이제 내가 무엇을 해야 할지 잘 알고 있었다.

열여섯 글자의 혈마교 교언.

나는 제단 앞에 서서 모두를 향해 외쳤다.

"지유본교. 천유본교. 천세만세. 마유혈교!"

내력 실린 내 목소리가 메아리처럼 울렸다. 혈마교 고수들과 십시의 주민들은 몸을 흠칫 떨더니, 더욱 고개를 조아렸다. 고개 숙인 그들의 입에서도 교언이 터져 나오는 것은 아주 당연했다.

그렇다.

오늘은 벽력혈장의 즉위식이 아니라, 바로 나 정진욱의 즉위식이 있는 날이다!

제6장
지존천실과 천서고

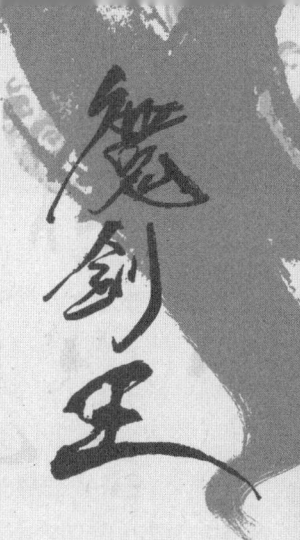

　두 명의 호법, 우호법 색목도왕과 좌호법 흑응혈마의 안내를 받아 본산 정상 부근에 올랐다.
　구름을 뚫고 하늘로 치솟은 거대한 전각 하나가 우리를 맞이했다.
　전각은 본산을 오르기 전부터 또렷이 보일 정도로 웅장한 규모를 자랑하고 있었다.
　혈마교도라면 감히 똑바로 쳐다볼 수 없다고 하는 바로 혈마교주의 처소란다.
　이름도 무자비한 지존천실(至尊天室).
　색목도왕은 그러한 지존천실이 앞으로 내가 머물게 될 곳이라고 말하며 웃었다.

그는 몹시도 즐거워 보였다.

오매불망 기다리고 기다리던 혈마교에 돌아와서 그랬는지, 내가 교주의 자리에 올라 그런 것인지는 모르겠다.

더는 그의 얼굴에서 익숙하게 마음을 읽을 수가 없었다. 그가 익숙해 마지않는 혈마교는 내게 너무도 낯선 땅이었다.

산을 오르면서부터 청아한 향이 나서, 어디에서 나는 향기인가 궁금했었는데 의문이 풀렸다. 지존천실을 세운 대들보와 목재에서 나는 향기였다.

"향이 좋군."

지존천실의 첫 감상을 솔직하게 말했다.

"지존천실은 청명목이라는 목재로 만들어졌습니다. 청명목은 지금 어디에서도 구할 수 없는 목재로, 같은 무게면 금보다 비싼 보물 중에 보물입니다."

색목도왕의 말에서 자긍심이 느껴졌다.

지존천실은 전대 교주의 이탈로 십여 년 동안 비어져 있었는데도 벌레뿐만 아니라 먼지 하나 찾아볼 수 없을 정도로 매우 깨끗했다.

지존천실의 문을 열었다.

그러자 다른 세상이 펼쳐졌다. 흑색과 적색의 비단들, 그리고 온갖 금은보화들로 치장된 화려한 내실이 시선에 들어왔다. 나도 모르게 입을 반쯤 열고 주위를 두리번거렸다.

넓은 내실 바닥에는 흑색비단이 세로로 깔려 있었고, 그 끝에는 고풍적인 의자 하나가 있었다.

흑색비단은 오로지 교주만이 밟을 수 있는 지존로(至尊路)라 하였고, 그 의자도 교주의 의자인 혈룡좌(血龍坐)라 하였다.

혈룡좌 뒤편으로 다른 방으로 통하는 문이 보였고, 내실 우측과 좌측 벽에도 총 네 개의 문들이 있었다.

색목도왕과 흑웅혈마는 내가 혈룡좌에 앉길 바라는 눈치였다. 나는 지존로를 밟아 혈룡좌에 앉았다. 신기하게도 체내의 내공이 회전하기 시작했다.

혈룡좌는 앉아 있는 것만으로도 운기행공을 하는 효과가 있을 뿐만 아니라, 의자 자체에 열기를 품고 있어 앉아 있으면 십이양공을 절로 증진시켜주는 마법과도 같은 효능을 지닌 의자였다.

이 의자가 몹시 마음에 들었다.

그런 내 마음을 알아챈 흑웅혈마도 기분 좋은 미소를 지으며 입을 열었다.

"교좌에 앉아 계시는 교주님의 모습을 보니, 이 감복한 마음을 이로 말할 수가 없습니다. 지금부터 소마가 오늘 있을 즉위식의 예식에 대해 말씀드리겠습니다."

벽력혈장은 본인이 교좌에 오르리라고 확신하고 있었던 것 같다.

그가 즉위식에 필요한 모든 준비를 끝마쳐놓았기 때문에 나는 그의 준비대로 예식을 거행하기만 하면 된다.

"수순에 대해 말씀드리겠습니다."

살아 있는 흑웅혈마의 모습은 아직도 믿기지가 않는다.

흑웅혈마는 식룡행도(食龍行道), 혈수의식(血水儀式), 금차행(金車行) 등 즉위식의 수순과 예식들에 대해 자세하게 설명했다. 한 시간 정도가 흐른 후에야 모든 설명이 끝났다.

대부분의 예식들은 혈마교주의 권위를 교도들에게 천명하기 위한 것들이었다.

그런데 다른 건 다 받아들여도, 꼭 하지 못할 예식 하나가 있었다.

나는 눈살을 찌푸리며 물었다.

"혈수의식이라. 그걸 꼭 해야 하나?"

혈수의식이라는 것은 별것 아니다.

즉위식 당일, 혈마교 거마들은 혈마교주에게 절을 하는데, 자신의 충직함과 충성을 보이기 위해 피가 나도록 강하게 이마를 바닥에 찧어야 한단다.

그래, 여기까지는 별것 없다. 그저 영화 속에서 보던 조폭들의 그것들과 다름이 없다.

내가 하기 꺼려지는 일은 그 다음 일이다.

"본교에선 이마에서 흐르는 피를 가장 깨끗한 피라 보고, 이를 충혈(忠血)이라 합니다. 교주님께서 충혈을 마심으로써 본교의 교도들은 교주님에게 종속되는 것입니다."

180

꼭 그 의식을 해야 한다는 게 흑웅혈마의 논지였다. 아무리 그래도 사람의 피를 받아 마셔야 한다니.

몹시 꺼림칙해서 얼굴이 찌푸려졌다.

이쪽 세상을 꽤 경험했다고 자부하지만 아직도 이들의 가치관은 한 번씩 날 깜짝깜짝 놀라게 한다.

"그러니까 그걸 마시라는 거잖아?"

흑웅혈마는 말없이 고개를 끄덕였다.

이게 문제다.

그들이 이마가 깨져라 바닥에 절을 하건 무엇을 하건 난 상관없다. 오히려 어깨를 우쭐거리며 내가 이렇게나 높은 놈이군 하고 기뻐할지도 모른다.

그렇지만 피를 마시는 것은 다른 문제다.

이 시대가 어떠한 시대인지는 모르나 내 기억 속에 흡혈은 좋지 않다.

티브이만 보아도 나오는 것이 에이즈요, 수영장에도 대문만 하게 써 붙어 있는 글귀가 B형간염 보균자는 입실을 금한다는 글이다.

남의 피를, 그것도 아무런 의료시설과 기구도 없는 이곳에서 마셔야 한다는 것은 내게 독을 마시라는 것과 다름이 없는 말이라고 생각했다.

"혈수의식의 의미를 모르는 게 아니다. 그동안 역대 교주들도 그렇게 해왔을 테고. 하지만 꼭 그럴 필요가 있을까? 내가 벽력혈장을 무찌르는 걸 모두가 보았다. 굳이 혈수의식 같은 걸 하지 않아도 모두들 굴복했고, 우리는 본교를 되찾았다."

"교주님. 혈수의식은 교좌에 오르기 위해서 꼭 해야 할 의식입니다. 그들의 피를 마시어."

이번엔 색목도왕이 나서 혈수의식의 필요성에 대해 설명하려는 것 같았다.

그 모습에 가슴이 돌멩이가 들어찬 것처럼 답답해졌다.

"잠깐만요."

나는 한숨을 내쉬며 색목도왕의 말을 가로챘다.

갑자기 내가 말을 높이자, 색목도왕의 눈동자가 동그래졌다.

곧 색목도왕의 얼굴이 학생을 나무라는 선생님 같은 표정으로 바뀌었다.

"소마들에게 말씀을 낮추셔야 합니다."

"어차피 이곳엔 우리밖에 없잖아요."

"교주님."

색목도왕이 단호하게 말했다.

"들어보세요. 우리들이 바라던 일은 이루어졌어요. 일장로 벽력혈장은 죽었고 본교를 되찾았지요. 맞죠?"

둘은 눈빛으로 그렇다고 대답했다.

"우리는 복수를 하고 본교를 되찾아야 한다는 일념으로 무조건 앞만 보고 달려왔고 그걸 이뤄냈어요. 저는 이걸로 만족

해요. 일장로와 달리 전 교좌에 욕심이 없죠."
 솔직하게 말했다.
 혈마교의 왕.
 큰 자리에는 큰 책임이 따른다는 걸 모를 정도로 나는 어리지 않았다.
 누가 뭐래도 내 무공은 혈마교에서 제일이다. 혈마교주가 되지 않는다고 해서 이 제일의 무공을 잃는 것도 아니고, 이쪽 세상과의 인연이 끝나는 것도 아니다.
 혈마교에서 반란이 제압된 이때, 흑웅혈마와 색목도왕이 나를 교주로 추대하는 것은 세 가지 이유 때문이다.
 나는 흑천마검의 주인이고-흑천마검은 그렇게 생각하지 않을 테지만.-본교의 신공인 십이양공과 명왕단천공을 익혔다. 이것이 아니었다면 나이 어린 나를 교주로 세우질 않았을 것이다.
 성품이 강하고 냉혹한 이를 교주로 세우는 게 약육강식의 세계인 혈마교에 맞는 일이니까.
 "두 분은 제가 교좌에 오르길 원하죠."
 둘을 쳐다보며 말했다.
 나는 그동안 색목도왕의 말을 잘 따라왔었다.
 색목도왕과 설아와 여행을 하면서 이쪽 세상은 나의 또 다른 삶의 터전이나 마찬가지가 되었다.
 이제는 떼려야 뗄 수 없는 인연으로 연결된 세상인 것이다.

하지만 어린아이가 아버지 바짓가랑이 붙잡고 가는 식으로 계속 이곳에 있을 수는 없다는 생각이 들었다.
　확실한 단 한 가지 사실!
　이쪽 세상 사람들과 나는 다른 사회에서 자라 왔다는 것이다.
　아무리 친한 색목도왕이라 할지라도 그는 나와는 다른 가치관을 가진 사람이라는 것이다.
　'지금이 아니면 안 돼.'
　어쩌면 나는 줄곧 이때를 기다려 왔는지도 모른다는 생각이 들었다.
　'단호해져야 해.'
　나는 둘의 대답을 기다리지 않고 말을 이었다.
　"나는 두 분이 바라는 교주가 되지는 못할 겁니다. 다시 묻겠습니다. 내가 교주가 되길 원하시나요?"
　"교주님께선 이미 본교의 주인이십니다!"
　색목도왕이 강직한 눈으로 말했다.
　"아니죠."
　"교주님……."
　"나는 교좌에 오르면 내 방식대로 할 겁니다. 아무래도 그럴 수밖에 없습니다. 그것이 싫으시다면, 지금부터 우리는 다 같이 새로운 교주를 찾아봐야 합니다."
　색목도왕과 흑웅혈마의 낯빛이 어두워졌다.

"소마들이 잘…… 못한 게 있습니까?"

"아니요. 이번 일은 언젠가는 한번 짚고 넘어갈 문제였습니다. 솔직하게 말하자면 나는 두 분처럼 혈마교에 큰 애정이 없습니다."

둘의 눈이 더욱 커졌다.

"그럼에도 제가 이 자리에 있는 이유는 귀영친위대의 희생과 두 분이 보여주신 저에 대한 신뢰 때문입니다. 두 분과 설아와 같이 있고 싶기 때문이기도 하지요. 저는 교주 자리에 미련이 없어요. 그런데 두 분은 제가 교주가 되길 원하십니다. 저를 허수아비 교주로 세울 마음이 아니시라면 다시 생각해봐야 한다는 겁니다."

오해가 생길 수 있기 때문에 조심스럽게 말했다.

"허, 허수아비 교주라니요."

"다시 묻겠습니다. 제가 교주가 되길 원하시나요?"

둘은 기다렸다는 듯이 포권을 취하며 외쳤다.

"예!"

"그러면 앞으로는 모든 일을 처리해 감에 있어 내 생각을 듣고 좀 더 고민하셔야 할 거예요. 내가 혈마교의 교주에 오른다는 것은 단순히 사람 하나가 바뀌는 것이 아니잖아요? 그렇다고 혈수의식 때문에 이러는 것은 아니에요. 고작해야 의식에 불과한 것에 투정을 부리면서, 두 어르신들의 기를 꺾으려는 것은 더더욱 아닙니다."

고개 숙인 둘을 바라보며 계속 말했다.

"나는 혈마교에서 자라지 않았습니다. 그렇기에 앞으로도 몇 번씩 이런 문제들로 부딪칠 겁니다. 그런 일에 대해 무조건 '교주'이기 때문에 해야 한다면 저는 교주가 될 수 없다는 것입니다. 그러니 지금 말하는 겁니다. 쫓기는 신세였던 어제와는 달리, 제가 교주에 오르기 전인 지금이 이런 말을 할 수 있는 가장 좋은 때일 테니 말이지요."

하고 싶은 말을 다하고 나자 가슴이 후련해졌다.

색목도왕과 흑웅혈마는 느끼는 바가 있었는지, 말없이 고개를 끄덕였다.

나는 그렇게 십만 마도의 교주가 되기로 다시금 마음먹었다.

장내의 공기가 무거워졌다.

"다른 사람들이 있을 때에는 나를 '본좌'라고 칭할 테니 우리끼리만 있을 때는 내 편할 대로 말하겠습니다. 자, 그럼 시작하죠."

부쩍 어색해진 분위기를 깨기 위해, 일부로 밝은 목소리를 내며 빙그레 웃었다.

"존명."

색목도왕과 흑웅혈마는 동시에 대답하고선 밖으로 나갔다. 둘을 기다리는 동안, 손바닥으로 얼굴을 톡톡 두드렸다. 얼굴이 뜨겁게 달아올라 있기 때문이다.

잠시 뒤 둘이 붉은 천에 싸인 뭔가를 한 아름 들고 나타났다.

나는 흑웅혈마의 설명을 떠올렸다.

그 설명대로라면 둘이 가져온 것은 내가 즉위식 때 입을 의복과 무구들이다. 통틀어 마의마갑(魔衣魔甲)이라고 불렀다.

기존에 입고 있던 무복을 벗고 흑웅혈마가 건네 온 흑룡포로 갈아입었다.

입고 나자 옷에 수놓아져 있던 흑룡이 내 몸을 감싸는 듯 보였다.

흑룡포 위로 어깨에는 흑룡갑을, 가슴에 흑룡주갑을 착용했다. 그리고 손목과 무릎, 발목에 마혈갑을 차고 발에는 지뇌신을 신었다.

착!

마의마갑이 몸에 달라붙었다.

주인의 몸에 맞도록 변형된다는 흑웅혈마의 설명은 사실이었다.

나는 마의마갑을 착용하면서 둘의 얼굴을 살폈다.

단호했던 내 행동에 혹 기분이 상하진 않았을까 하고 걱정을 했었는데, 다행히도 내 뜻이 오해 없이 잘 전달된 모양이었다.

"전에 소마가 했던 말 기억하십니까? 교주님. 소마는 교주님께서 교에 반하는 길을 갈지라도 따르겠다고 하였습니다.

본교가 지금과 다르게 달라지더라도, 소마는 교주님을 따를 것입니다."

"본교의 위신과 십만 교도들의 행복과 불행은 이제 교주님에게 달렸습니다. 우호법 색목도왕과 소마가 교주님 바로 옆에서 뜻을 받들겠습니다. 본교를 잘 이끌어주십시오."

색목도왕과 흑응혈마가 한마디씩 덧붙였다.

"네."

나는 기분 좋게 대답하였다.

마의마갑을 모두 착용한 후에 구리거울 속 내 모습을 바라보았다.

몸 전체로 마의마갑의 흑광이 서렸고, 우쭐해진 기분으로 내력까지 일으키자 눈에서 적광이 번뜩였다.

'뉘 자식인지 몰라도 참 멋지군!'

나는 빙그레 미소 지었다.

"과연 본교의 교주님이십니다."

색목도왕이 감탄하며 말했다.

그 길로 지존천실에서 나와, 본산 중턱쯤에 위치한 천마당(天魔堂)으로 향했다.

혈마교의 각종 정책과 회의가 이루어지는 곳으로, 혈마교에서 직위가 높은 거마(巨魔)들만이 들어올 수 있는 곳이다.

"교주님께서 입당하신다. 모두 예를 갖추어라."

한 발 앞서 나간 흑응혈마와 색목도왕이 동시에 외치며, 천마당의 문을 열었다.

"교주님을 뵈옵니다."

우렁찬 외침들이 일제히 들려왔다.

나는 내게 허리를 숙이고 있는 혈마교 거마들을 지나쳐, 당내(堂內) 오 층 계단 끝에 위치한 상석, 즉 혈마교주의 교좌에 앉았다.

색목도왕과 흑웅혈마가 내게 허리를 숙인 후에 계단 앞에 섰다.

뿌리가 굵은 나무처럼 믿음직스럽게 서 있는 둘의 뒷모습에 속으로 미소 지었다.

둘은 당내의 혈마교 거마들보다는 무공이 낮지만, 누구보다도 큰 위인이라고 생각하며 전방을 주시했다.

그러자 천마당에 모인 혈마교 고수들이 한눈에 들어왔다.

이장로부터 오장로까지 네 명의 혈마장로와, 사귀사마팔단 중 일곱 명의 단주, 혈마오당의 다섯 당주, 혈마오문의 다섯 문주들. 이들과 색목도왕과 흑웅혈마까지 합쳐서 총 스물세 명이다.

공석이 되어 버린 일장로와 촌각살마단주를 제외하고는 본교를 이끌어가는 거마(巨魔)들이 한자리에 모였다. 하나같이 높은 공력을 지닌 절정고수들이었다.

물론 그중에는 천하의 패륜아 마의공자도 있었다. 나는 그의 준수한 얼굴을 빤히 바라보았다.

오뚝한 콧날과 진한 눈썹, 그리고 뚜렷한 이목구비는 전형적인 미남의 얼굴이었다.

 그래서 더 괘씸하고 나쁜놈이었다.

 '엄마가 저렇게 잘 낳아줬으면 효도를 해야지, 권력에 눈이 멀어서 제 어머니를 감금해?'

 눈에서 불똥이 튀었다. 마의공자는 오줌을 싸고 있는 사람처럼 몸을 부르르 떨더니 고개를 더욱 조아렸다.

 '즉위식 끝나고 보자.'

 나는 이런 마음으로 놈을 노려봤다.

 놈에 대한 생각을 뒤로 밀어두고 앞으로 내 부하가 될 사람들을 살펴보기로 했다.

 마의공자처럼 준수한 외모의 사람은 한 손에 꼽을 정도였고, 대부분의 인상은 험악했다.

 섬뜩한 하얀 가면을 쓰고, 한 손에는 전기 톱날을 들고 있던 그 괴물 이름이 제이슨이던가?

 영화 '13일의 금요일'에 나왔던 살인마를 연상시키는 자가 있는가 하면, 주도면밀하게 계획을 세워 연쇄살인을 저지르고 다니는 지능적 사이코패스를 떠올리게 하는 자도 있었다.

 그런데 재미있게도 나와 눈이 마주치면, 선생님에게 혼나는 어린아이처럼 황급히 고개를 숙인다.

 이게 바로 권위의 효과다.

 굳이 무력으로 억압하지 않아도 혈마교주라는 권위가 이들을 고개 숙이게 만드는 것이다. 그것이 바로 내가 속으로는 생글생글 웃고 있어도, 겉으로는 무표정하게 위엄을 유지하려는 이유다.

다시금 눈에 힘을 주고 입술을 굳게 다물어 표정을 유지했다. 장내에 숨소리도 나지 않는 적막이 감돌았다.

'이들이 모두 내 직속 부하들이란 말이지……'

혈마교 거마들.

흉악한 인상만큼이나 절정의 무공을 지닌 자들.

혈마교는 교주의 명령에 불복하는 것을 제일의 죄라고 여기니, 이들은 무조건 내 명령을 따라야 한다.

'어떠한 명령이든지.'

그렇게 생각해서일까?

흉악한 그들의 인상이 차츰차츰 순하고 믿음직스럽게 보이기 시작했다.

나는 그들을 한 명씩 훑어보다가 자리에서 일어났다. 내게 고개를 숙인 사람들 사이에서 고조된 분위기가 느껴진다.

이제 즉위식을 시작할 때다.

그리고 나는 천마당에 모인 거마들에게 이렇게 명하면 된다.

"광(光)!"

*   *   *

 내가 '광'이라고 외친 순간부터 식룡행도라는 즉위식의 첫 번째 의식이 시작되었다.
 천복거산차(天福巨山車)라고 불리는 수레 일천 대가 일제히 움직인다.
 수레에는 십시의 모든 주민들이 열흘 동안 축제를 벌일 수 있는 술과 고기를 비롯한 온갖 음식들이 산처럼 쌓여 있었다.
 수레들은 일제히 십시로 움직였다.
 술과 고기를 산더미처럼 실은 수레들은 능선에 몸을 기댄 용과도 같았으며 천 개의 산이 움직이는 것 같기도 했다. 수레들은 꼬리에 꼬리를 물어서, 행렬의 끝이 보이지 않았다.
 와아아!
 본산 아래 모인 십시의 주민들이 내뿜는 함성이 멀리 천마당까지 들려왔다.
 어쩐지 피가 끓어오르는 느낌이 들었다.
 그 길로 혈마교 거마들을 대동하고 본산 아래로 내려왔다.
 수백 명씩 무리를 지은 혈마장로단, 사귀사마팔단, 혈마오당, 혈마오문은 각각의 깃발을 앞세운 채로 나열해 있었다. 그 뒤로 수십만 혈마교도들이 빼곡하다.
 사방에서 각 조직들을 상징하는 형형색색의 깃발과 혈마교의 총체깃발들이 펄럭였다.

우와아아아아!

내가 모습을 드러내자 주위의 함성소리는 광기가 느껴질 정도로 엄청나졌다.

'나를 위한 함성소리……'

순간 머릿속이 텅 비었다.

함성소리는 너무도 굉장해서, 나는 아무것도 생각할 수 없었다.

수십만 명이 보는 앞에서 그들에게 해야 할 말들을 까먹고 어리바리하게 버벅이는 내 모습이 눈앞에 아른거렸다.

'그러면 정말 죽고 싶겠지?'

나는 입안에 잔뜩 고인 침을 꿀꺽 삼키며 눈동자를 위로 굴렸다. 혈마교 즉위 예식들과 내가 해야 할 언행들을 까먹지 않도록 다시 떠올렸다.

'됐어!'

앞으로 내딛는 발걸음에 힘이 실렸다.

단상 앞에서 설아가 혈마노파와 함께 나를 기다리고 있었다.

설아는 마의마갑을 갖춰 입은 내 모습이 상당히 멋지게 보였는지 반쯤 벌린 입을 다물지 못했다.

설아가 내 손을 잡아준다면, 지금 이 떨림이 약간은 진정될 것 같았다.

하지만 설아는 다시 다른 이들처럼 긴장한 얼굴이 되어서 고개를 숙였다. 나도 모르게 우리 사이에 약간의 벽이 생겨 버린 것 같았다.
"오르시옵소서, 교주님."
혈마노파가 말했다.
나와 함께 왔던 혈마교 거마들은 이미 단상 앞에 나열해 서 있었다.
고개를 끄덕인 후, 설아에게만 빙그레 웃어보였다. 설아의 반응을 확인하지 못하고 단상 위로 올랐다.
높은 계단 위를 올라가는 발걸음이 무척이나 무겁고 심장박동도 빨라졌다.
수십만 명 앞에 서야 한다는 게 약간은 긴장되고 떨리지만, 분명한 건 기분이 나쁘지만은 않다는 거다.
수십만의 교도들.
그들의 외침이 일제히 사그라졌다.
주위가 조용해지자 심장이 더욱 세차게 뛰기 시작하고, 등골로는 나도 모르게 식은땀 한 줄기가 흘렀다.
'후우.'
눈을 감고 호흡을 고르면서 마음을 진정시켰다.
내가 무엇을 해야 하는지 다시 머릿속으로 떠올린 후에 눈을 떴다. 나를 바라보고 있는 수십만 명이 시선에 들어왔다.
모두를 향해 준비해 둔 말을 외쳤다.
"사특한 말과 행동으로 너희의 눈을 가렸던 배교도 벽력혈장은 죽어 제물로 바쳐졌다. 아직 그를 따르고 그가 교주라 믿는 자가 있는가? 본좌는 본교의 이십일 대 교주에 등극하려 한다. 아직도 배교도 벽력혈장을 교주라 믿는 자 혹은 본좌가 교주에 등극하는 것을 원치 않는 자가 있거든, 지금 당장 앞으로 나와 내게 마도무행을 청하라!"

마도무행은 하급 교도가 상급 교도에게 대결을 신청하는 것을 말한다.

대결하여 이길 시엔 상급 교도의 직위를 받지만, 진다면 천년금박행이다.

마도무행은 언제든 누구에게나 청할 수 있지만 예외가 있다. 바로 혈마교주에게 마도무행을 청할 수 있는 순간은 단 한 번뿐.

바로 즉위식 당일뿐이라는 거다.

나와 눈이 마주친 이들은 몸을 움찔하며 고개를 조아렸다. 그런 그들의 모습은 내 긴장을 풀어주기에 충분했다. 숨소리마저 나지 않는 지금의 이 정적이 갑자기 마음에 들었다.

역동하는 내 심장소리만이 들렸다.

"하면 본좌는 본교의 이십일 대 교주로 등극할 것이니라!"

와아아아!

미칠 듯한 함성이 정적을 깨뜨렸다. 수십만의 소리가 증폭되어 나를 덮쳤다.

색목도왕을 필두로 하는 혈마교 거마들이 넙죽 엎드리며 외쳤다.

"천유양월 천세만세 지유본교 천존교주 독보염혈 군림천하 천상천하 지상지하 광명본교. 하늘엔 달과 별이 있으며 땅엔 영원한 본교가 있으니, 하늘같으신 교주님은 홀로 세상을 피로 물들이고 다스리시어, 하늘 위와 아래, 땅의 위와 아래 모든 곳에 본교의 빛이 뻗칠 것이옵니다."

혈마교 거마들의 뒤를 따라서 모든 혈마교도들이 내게 절을 하기 시작했다. 마치 해일처럼.

온몸이 떨려왔다.

나는 황홀한 얼굴로 주위를 훑어보다가 한 가지 확신이 들었다.

오늘 이 순간을 영원히 잊지 못할 거다.

* * *

즉위식 예식들은 차질 없이 진행되었다. 다만 혈수의식은 혈마교 거마들이 본인의 실명을 밝히고, 내게 삼배하여 충성을 맹세하는 것으로 대체하였다.

그 후로 혈마교의 모든 교도들이 내게 절을 하고 긴 교언을 세 번 외쳤다. 그리고 '혈마는 위대하시다.'로 시작하는 혈마노파의 긴 축문이 이어졌다.

혈마노파의 축문이 끝날 무렵에 혈마교 고수들 사이로 긴장된 분위기가 흘렀다.

 나는 이 분위기가 곧 이어질 마도무행 때문이라는 걸 눈치채고 속으로 빙그레 웃었다.

 혈마교에 큰 행사가 있을 때면 이에 맞춰서 마도무행 신청들이 봇물 터지듯 나온다고 들었다. 오늘같이 새로운 교주가 등극하는 날이면 오죽할까 싶었다.

 그러고 보면 혈마교는 참으로 비정한 곳이다.

 자리를 보존하기 위해서라면 언제나 강해야 한다. 어제의 수하가 오늘의 도전자가 되었다가 내일의 상마가 되지 말란 법이 없으니까.

 그건 혈마교 거마들도 예외가 아니었다. 거마들은 자신들에게 도전해 올 법한 교도들을 벌써부터 노려보고 있었다.

 우리는 연무장으로 자리를 이동했다. 내 자리는 연무장이 한눈에 들어오는 제일 높은 곳이었다. 당연히 흑응혈마와 색목도왕이 내 앞에 버티고 섰고, 혈마교 거마들도 자리에 앉았다.

 십시의 주민들도 관객이 되어서 연무장 주위를 빼곡히 메웠다.

 "거행하라!"

 내가 외치자 일대가 술렁거렸다.

 기립하고 있던 무리들 위로 인영들이 솟구쳤다. 모두가 이 순간만을 기다리고 있었던 것이다. 연무장 중앙으로 제일 먼저 나타난 사내가 내게 고개를 숙였다.

나는 고개를 끄덕이면서 로마 황제가 콜로세움에서 어떤 기분이었을지 알 것 같았다.

"혼심사문의 적운환귀. 상마이신 혼심사문주 금사철장께 마도무행을 청하옵니다."

첫 마도무행의 손짓이 혈마교 이십삼 인의 거마 중 한 명에게 향했다.

결론부터 말하자면 적운환귀가 금사철장을 이겼다.

적운환귀라는 사내는 금사철장이 맡고 있던 혼심사문을 취할 수 있었다.

반면에 금사철장은 목숨을 잃지 않았기 때문에, 그에게는 두 가지 선택이 남았다.

은퇴하여 십시의 주민으로 살아갈 것인가? 아니면 적운환귀 밑으로 들어갈 것인가?

금사철장은 후자를 택했다.

즉위식 같은 특별한 날에 벌어지는 마도무행은 져도 천년금박에 떨이지지 않는다.

마도무행이 계속해서 이어졌다.

상마들 중 반수 이상은 마도무행에서 이겨 자리를 지켜냈지만, 몇몇은 옛 수하들에게 자리를 뺏겼다. 그렇게 새로운 자리를 차지한 이들은 내게 '저는 이렇게 강합니다!' 라는 표정을 한 얼굴로 충성을 맹세했다.

서열에 눈에 띈 변화가 있었다.

연무장의 열기가 극에 달했을 때, 황금으로 만들어진 가마가 나를 기다렸다.

나는 가마에 올라탔다. 혈마교 이십삼 인의 거마들이 가마꾼이 되었다.

혈마교주와 그 아래 거마들의 신분 차이를 보여주는 단편적인 예식이라고 할 수 있었다.

가마가 다시 출발점으로 돌아왔을 때는 이미 해가 진 뒤였다. 수를 헤아릴 수 없는 횃불들이 파도처럼 일렁거렸다. 어둠 속의 횃불들과 한껏 고조된 분위기가 무척이나 잘 어울린다는 생각이 들었다.

생각해 보면 정신없이 바쁜 하루였다.

벽력혈장을 해치우자마자 예식에 예식 그리고 또 예식을 치러야 했다.

눈을 감으면 오늘 있었던 일들이 주마등처럼 스쳐 지나가고, 귓가로 드높은 함성과 나를 경외하는 외침들이 환청처럼 들린다.

즉위식은 함성으로 시작해서 함성으로 끝났다. 앞으로 십일간 대축제가 벌어질 것이다.

이미 축제 준비는 끝나 있었다. 산처럼 쌓인 음식들과 술항아리들이 즐비했고, 왁자지껄한 웃음소리들이 넘쳐났다. 횃불들은 밤을 낮보다 환하게 만들며 분위기를 달아오르게 했다.

이윽고 지존천실로 돌아왔다.
"이제 다 끝난 겁니까?"
마의마갑을 벗으며 물었다.
색목도왕은 내 존댓말이 아직도 마음에 걸리는지 잠시 말이 없다가, 입을 열었다.
"본교의 모든 교도들이 교주님을 우러러보고 충성을 맹세하였습니다. 교주님께선 그들 앞에 위엄을 보여주셨습니다. 정말 훌륭하게 잘 해내셨습니다."
"그래요?"
나는 속으로 다행이라고 생각하면서 고개를 끄덕였다.
"그런데 설아가 보이지 않네요."
"설아는 지존천실에 들어오지 못합니다."
"왜죠?"
"지존천실은 혈마 장로들이라 할지라도 함부로 들어오지 못하는 곳입니다."
"괜찮습니다. 설아는……."
그러면서 흑웅혈마에게로 고개를 돌렸다. 흑웅혈마에게 설아를 데려오도록 부탁하고 다시 색목도왕을 쳐다보았다.
색목도왕의 얼굴이 굳어 있었다.
나와 눈이 마주치자 색목도왕이 황급히 표정을 바꾸었다. 나는 색목도왕이 설아가 지존천실에 들어오는 걸 못마땅하게 생각하고 있음을 눈치챘지만, 구태여 언급하지 않았다.

"아!"

탁.

급히 흑천마검을 풀어 탁상 위에 올려놓았다. 지존천실로 돌아오면 첫 번째로 할 것이라고 마음먹었던 일이었다. 동작에 힘이 실려서 둔탁한 소리가 크게 울렸다.

색목도왕이 의아한 얼굴로 나를 바라보았다.

"벽력혈장을 해치운 건 내가 아니었어요. 바로 이놈이었습니다."

내가 말했다.

"예?"

"이놈은 내 몸을 마음대로 조종할 수 있더군요. 그런 능력이 있으면서도 왜 지금껏 나를 먹지 않은 걸까요?"

"무슨 말씀이십니까?"

색목도왕이 조심히 물어왔다. 나는 벽력혈장과의 싸움에서 흑천마검에게 몸을 지배당했던 일을 세세하게 설명했다. 당시 거대한 힘의 일부가 된 느낌이 들어서 거부감이 들지 않았다는 말까지 덧붙였다.

"음……."

색목도왕은 신중한 눈빛으로 흑천마검을 노려보았다. 결국 그도 답을 모르는 것 같았다.

"오늘 보았을 겁니다. 이놈이 벽력혈장을 먹어치우던걸. 그런 식으로 날 먹으려고 하던 놈이 바로 이놈입니다. 내 몸을 조종할 수 있으면서도 그동안 왜 나를 먹지 않았는지 정말 모르겠군요. 앞으로 무슨 해괴한 일이 더 벌어질지 알 수 없는 일입니다."

즉위식으로 인해 들떴던 마음이 한 번에 식어 버렸다.

몸까지 조종할 수 있는데 무엇을 못할까.

이런 생각까지 들자 흑천마검을 가까이 하기도 싫어졌다.

생각해 보면 나는 흑천마검에 대해 알고 있는 것이라고는 눈곱만큼도 되지 않았다.

전대 교주도 통제를 하지 못해, 두 번 정도밖에 뽑지 않았으나 그 때마다 엄청난 위력을 발휘했다고 한다.

내가 알고 있는 거라곤 이게 다다.

이놈이 어떠한 능력들을 가지고 있고, 얼마만큼의 힘을 품고 있는지 그리고 어떻게 해서 이런 놈이 만들어졌는지에 대해 알고 싶어졌다.

맥없이 놈에게 당할 순간만을 기다릴 수 없다는 생각도 함께 들었다.

"누구에게 물어보면 되겠습니까? 본교에서 흑천마검에 대해 잘 아는 사람 없습니까?"

색목도왕은 고민하기 시작했다.

몇 초간의 침묵이 있은 후에 그가 대답했다. 색목도왕의 얼굴에 긴장감이 돌고 있어서, 그가 해답을 내놓을 줄 알았는데 그게 아니었다.

"소마는 교주님의 의문을 풀어드릴 수 없을 것 같습니다."

나는 담담히 고개를 끄덕였다. '흑천마검이 인간의 모습으로 나타날 때까지 기다려야 하는 건가?' 하고 생각했다.

그때 색목도왕이 말했다.

"가실 곳이 있습니다. 그곳에서라면 교주님의 의문이 풀릴지도 모르겠습니다."

'어?'

나는 황급히 물었다.

"어디죠?"

색목도왕이 눈을 부릅뜨며 대답했다.

"천서고(天書庫)입니다. 신물에 대한 의문이 아니더라도 교주님께서 꼭 가셔야 할 곳입니다. 본교의 모든 무공비급뿐만 아니라 중원의 무공비급들, 그리고 천하 역서와 방술서에 이르는 방대한 서책들이 보관된 곳입니다."

색목도왕은 예를 갖춰 말했지만, 흥분으로 인해 음색이 점점 거칠어지고 있었다.

"그런 곳이 있습니까?"

"본교에 혈서당이라고 하여, 천하의 무공비급들과 서책들을 모아놓은 곳이 있습니다. 하지만 천서고는 혈서당과는 달리, 단연 으뜸이 되는 서책들만이 있다고 알고 있습니다. 무공비급뿐만이 아니라, 교주님만이 알고 계셔야 하는 본교의 비밀들도 있다고 하니, 신물에 대한 의문도 행여 풀 수 있지 않을까 생각합니다."

나는 속으로 '바로 그거야!' 하고 외쳤다. 그러면서 그곳이 색목도왕은 한 번도 들어가 보지 못한 곳이란 것을 눈치챘다.

"색목도왕은 들어가 보지 못했군요."

"예. 천서고는 본교의 교주만이 들어갈 수 있는 절대 성지입니다. 교주 외에는 누구도 출입불가지요. 호법인 저라 할지라도 들어가서는 안 되는 곳이기도 하지만 들어갈 수도 없습니다."

"그건 무슨 말이죠?"

"신물을 본교의 교주님만이 지니실 수 있는 것과 같습니다."

색목도왕이 떨리는 목소리로 말했다.

목소리만큼이나 얼굴도 벌겋게 격앙되어 있었다.

"소마가 안내해 드리겠습니다."

색목도왕은 교좌 뒤쪽 벽으로 발길을 옮겼다.

그곳은 혈마교를 상징하는 문양이 크게 그려져 있을 뿐, 다른 벽들과 다름없이 평범했다. 색목도왕이 문양의 중앙부분에 손을 대고 지그시 누르자, 기관이 움직이는 소리가 들렸다.

드드드.

벽이 양 옆으로 갈라지면서 비밀통로가 드러났다.

내가 놀랄 틈도 없이 색목도왕은 안으로 들어갔다.

그 뒤를 따라갔다.

좁은 통로를 걸었다. 기관들이 움직이는 소리가 사방에서 끊임없이 들렸다.
통로에는 횃불이 없었는데도 밝았다. 벽에 박혀진 주먹만 한 구슬들이 빛을 내고 있기 때문이었다.
노랗고 불그스름한 그 빛들이 눈 안으로 차 들어오면서 기분이 묘해졌다.
색목도왕은 통로 끝, 철문 앞에서 발길을 멈췄다.
"소마의 안내는 여기까지입니다. 바로 이 문 뒤가 천서고입니다, 교주님."
나는 고개부터 끄덕였다.
낡았지만 단단해 보이는 철문이 내 온 정신을 사로잡았다.
색목도왕은 내게 포권을 취한 다음 왔던 길로 되돌아갔다. 색목도왕의 발걸음소리가 점점 멀어져갔다.
철문 앞에 홀로 남았다. 철문에서 익숙한 기운들을 느꼈다.
순간 내가 지금부터 무엇을 해야 하는지 깨달았다. 철문에 양손을 대고 십이양공의 내력을 흘려보냈다.
덜컹!
유난히도 큰 소리가 울리면서 철문이 열리기 시작했다.
서서히 새어 들어오는 빛에 눈이 부셨다.

　　　　　＊　　　＊　　　＊

　전방으로 시선을 옮겼다.

　학교 강당만큼 넓은 공간이 눈앞에 펼쳐졌다. 벽면으로는 붙박이 책장들이 있었는데 색목도왕의 말대로 수많은 서책들이 꽂혀 있었다.

　바닥은 평평한 석판들이 촘촘히 깔려 있었다. 제자리서 발로 석판을 두들겨 보니 매우 단단한 것 같았다. 나는 바닥에서 전대 교주들의 흔적들을 발견했다.

　석판에 찍힌 발자국들 말이다.

　눈밭 위에 찍힌 발자국들처럼 선명했지만 크기가 제각각이었다.

　어떤 것은 내 발 크기에 딱 들어맞기도 했지만 대부분이 더욱 크거나 작았다. 그 옆에는 검으로 그은 듯 길게 이어진 흔적이 있었다. 유성추나 둔기로 찍은 듯이 패인 홈도 셀 수 없이 많았다.

　천서고는 도서관이라기보다는 마치 거대한 연무장을 연상케 하는 곳이었다.

　아마도 책장에서 무공비급을 꺼내보면서 이곳에서 수련을 했던 게 아닐까?

　벽면을 따라 빙 둘려진 책장 안에는 서책들이 빼곡했다. 대충대충 훑어만 보아도 수년은 족히 걸릴 권수였다.

'어떻게 시작을 해볼까?'

우선은 어떤 방식으로 책이 꽂혀 있는지 알아야 했다.

'찾아보기 힘들게 무작정 꽂지는 않았겠지.'

중앙으로 천천히 걸어갈 때마다 터벅터벅 하고 발걸음소리가 사방에서 울렸다.

중학교 때까지만 해도 시립도서관에 종종 책을 빌리러 가곤 했는데, 그때 기억으로는 책들은 일단 책 종류에 따라 크게 나뉘고, 그 다음 저자의 이름순으로 배열되어 있었다.

그런데 천서고는 아니었다.

무공비급과 그렇지 않은 서책들이 제목과 상관없이 혼재되어 있었다. 천서고를 만들고 책을 꽂았던 이는 기억력이 천재에 가깝게 뛰어나거나, 혹은 불성실한 인물임이 분명하다는 생각이 들었다.

결국 왼쪽 벽면의 책장들부터 하나하나 살펴보기 시작했다. 내용을 훑어보기에는 무지막지한 시간이 걸리기 때문에, 책 제목들만 살펴보는 것을 목표로 작업을 시작했다.

유환마검, 사십구수반룡검, 천마권해, 야수패권, 광마십팔타, 혈존마무, 파옥신장, 칠운독장, 무형전광도법, 살환도, 마라독강, 태양수라천광신강, 적하신공, 탈명천귀공, 적양원진력, 천의여의심력. 무영화마신법, 흑운신법……

이름만 들어도 가공할 위력이 떠오르는 비급들이 잠깐잠깐 시선에 머물다 지나갔다.

그중에는 다음과 같이 이름만으로는 내용을 짐작하기 힘든 것들도 있었다.

사령마안, 금짐정혼, 환마광, 일수유, 은하유성비, 무명사공, 마안만리투, 취기수예, 오행마벽, 구유음신, 태을신환, 환환원녀무, 자미소, 천극화인롱, 만수회청지음, 호소지장, 제령강마대법, 사십구일초혼선술, 귀역무간진, 만독정화연…….

대부분의 책들이 매우 낡았다.

때문에 제목을 알아보기 힘든 것들도 상당했다.

하지만 하나하나 흐트러짐 없이 가지런히 놓여 있는 것을 보니, 서책들이 소중히 다뤄져 왔다는 것을 느낄 수 있었다.

그쯤해서 나는 아무 책이나 빼 들어 펼쳤다.

천력마도(天力魔刀).

제목은 사람의 피로 적어두었지만, 오래된 책이다 보니 글씨가 거무튀튀하게 변해 있는 상태였다. 오래전에는 선명한 붉은 색이었을 것이다.

'도가 백병지왕임을 천하에 알렸다.'로 시작하는 서문을 눈으로 읽어 내려갔다.

비급의 저자는 천력마라고 불리는 사람이었다. 그는 죽기 전 일이라고 부르는 제자에게 자신의 무공을 전수하기 위해 이 비급을 만든 것이었다.

그런데 서문 어디에서도 혈마교라는 이름은 보이지 않았다.

어떻게 해서 이 비급이 그의 제자에게 이어지지 않고 혈마교 천서고 책장에 있게 되었는지는 나도 모른다.

분명한 건 저자는 비급을 남기면서 그의 무공 천력마도가 천하제일 무공이라는 확신을 가지고 있었다는 점이다.

'명왕단천공보다?'

나는 고개를 갸웃거리며 다음 장을 넘겼다.

천력마도의 개론으로 바로 이어졌다.

천력마도는 아홉 가지의 초식으로 이루어진, 철저히 힘을 위주로 하는 도법이었다. 나는 그 자리에서 선 채로 **빠르게** 책을 읽어 내려갔다. 책장을 넘기는 손이 바빠졌다.

한 자 한 자, 천력마의 힘 있는 필체가 눈에 틀어 박혔다. 그건 새로운 경험이었다. 색목도왕에게 미안한 말이지만 암연탈명도가 새라면, 천력마도는 용이었다.

가슴 밑바닥부터 뜨거워지는 느낌이 들더니 심장이 빠르게 뛰기 시작했다.

'대단한 위력의 무공이다.'

하지만 곧 내 입가의 미소에 쓸쓸함이 배였다. 아쉽게도 천력마도는 명왕단천공보다는 한 수 아래의 무공이었다. 그 뒤로 살펴본 제혈신검도 마찬가지였다.

하나하나가 절정무공이지만 명왕단천공과 십이양공에는 미치지 못했다.

그래도 이 무공들이 이쪽 세상의 무림인이라면 자식과 부인, 심지어 제 목숨을 바치고서라도 얻고자 할 절대비급인 것만은 분명했다.

그 순간 색목도왕이 떠올랐다.

색목도왕은 교주호법이란 큰 자리에 있지만 다른 거마들에 비해 무공이 낮았다. 기린의 내단을 취했다고 해도 암연탈명도법으로는 절정의 경지에 이르지 못할 것이다.

하지만 이 천력마도라면 이야기가 달라진다.

나는 천력마도 비급을 자연스럽게 소매 속으로 집어넣었다. 흑웅혈마와 설아의 것은 다음에 찾기로 하고 천서고에 들어온 본래의 목적을 상기했다.

그런데 천서고 안의 책들을 모두 훑어보기엔 그 양이 너무도 방대했다.

'흑천마검. 끈질기게 나를 위협하는 자식.'

그 자리에 엉덩이를 깔고 앉았다. 그리고는 곰곰이 생각했다. 오만 가지 생각이 머릿속을 휘저었다. 한참을 생각한 끝에 한 가지 결론에 도달했다.

신경질적인 눈초리로 흑천마검을 쏘아보았다. 흑천마검을 풀어 무릎 앞에 내려놓은 후에 뇌까렸다.

"나와 봐. 다 듣고 있는 거 아니까."

흑천마검은 쥐죽은 듯 조용했다. 언제나 나를 주시하고 있다는 걸 알고 있기에 포기하지 않고 흑천마검을 발로 툭툭 차면서 흑천마검을 불러댔다. 정확히는 검 자루에 박힌 붉은 보석을 발로 노렸다.

아무런 대답이 없을수록 오기가 발동했다.

차는 발에 힘이 실렸다. 다시 찍어 차려는 순간이었다.

슈우욱.

흑천마검이 검집째 허공으로 떠올랐다.

'아!'

눈을 깜박이고 나자 흑천마검은 온데간데없이 사라졌다. 그 자리에는 검은 머리를 늘어트린 남자가 있었다. 구슬만큼 작은 검은자위는 다시 보아도 오싹했다.

나는 천천히 자리에서 일어나며 그의 전신을 훑었다. 설마 정말 나타날까 했는데 절대 보고 싶지 않은 놈을 내가 불러내 버리고 만 것이다.

흑천마검이라고 해야 할지, 흑포마괴라고 해야 할지 모를 그놈이 입을 열었다.

"뭐지?"

낮은 톤의 목소리가 치켜 올라갔다. 놈은 나를 귀찮게 생각하고 있었다.

내가 말했다.

"역시 다 듣고 있는 거군."

괜스레 입안에 침이 고였다.

놈은 여전히 허공에 떠 있는 채로 입을 열었다.

"후회할 짓을 하고 있다는 것만 알아둬라. 그전에 교주가 된 걸 축하해야 하나? 순전히 내 덕분이었지만 말이지."

놈의 무거운 목소리가 육합전성처럼 윙윙 울렸다.

"후회라고? 바로 그거야. 곰곰이 생각해 봤는데 말이야. 넌 나를 어쩌질 못해."

"그럴까?"

놈은 차갑게 말했다.

감정이 하나도 없는 무표정으로 나를 내려다보기만 할 뿐이었다. 나도 놈을 똑바로 쳐다보며 다소 커진 목소리로 말했다.

"넌 나를 먹겠다고 했지. 하지만 넌 나를 조종할 수 있잖아. 일장로를 죽였을 때처럼 말이지. 나를 조종할 수 있으면서도 지금껏 나를 잡아먹지 않은 이유가 뭘까? 생각해 보았지."

놈이 아무런 말없이 지면으로 내려왔다. 기세 싸움이라도 하듯 우리는 서로의 눈에서 시선을 떼지 않았다.

"넌 한순간이나마 나를 조종할 수 있지만 나를 해치는 행동을 하지 못한다. 그건 검집에서 너에게 제약을 걸고 있기 때문이겠지."

그렇게 말하며 놈의 반응을 살폈다. 내 예상과는 달리 놈은 아무런 반응도 없었다.

"다른 식으로도 생각해 볼 수 있어. 넌 나를 조종할 수도 있고 나를 해칠 수 있는 행동을 할 수도 있다고 말이야. 그러면 말이지. 지금까지 나를 잡아먹지 않은 걸로 보아선…… 너에겐 다른 목적이 있다고 볼 수도 있는 거지."

그러자 놈이 "큭." 하고 웃었다.

"크크크큭."

놈의 입에서 꺼림칙한 웃음소리가 잇따랐다.

"웃지 마. 결론은 지금부터니까. 전자든 후자든 넌 나를 해치지 못한다는 것이지."

"그렇게 자신한다면 나를 뽑아봐라."

바로 그거였다.

"넌 내 몸을 네놈 마음대로 움직일 수 있으니 내 몸을 조종해서 너를 뽑으면 되는 거지. 충분히 너는 그러고도 남을 놈인데 지금껏 하지 않았다. 고로 너는 내 몸을 조종해서 스스로를 검집에서 뽑아내지 못한다. 이게 뭔지 않겠냐? 삼단논법이라는 것이다."

"삼단논법?"

놈이 재미있다는 듯이 뇌까렸다.

"고등학생이라면 수학시간에 누구나 다 배우는 거다."

"재미있는 말만 하는군. 그만큼 네 피는 맛있겠지?"

"그래. 제발 먹어줬으면 좋겠다."

보란 듯이 목을 드러내 보였다. 놈은 계속 그대로였다. 굳건히 서서 섬뜩한 인상으로 나를 노려본다. 나는 그 모습에 더욱 용기가 솟았다. 씩 웃으며 말했다.

"정말 멍청하네. 너는 나를 조종할 순 있지만 나를 해치거나, 나로 하여금 널 뽑게 할 수는 없는 모양이지?"

이상할 정도로 머리가 홱홱 잘 돌아갔다.

"아니지, 아니지. 네 마음대로 나를 조종할 수 있다면, 이렇게 나를 가만히 내버려두질 않을 거야. 열 받으니까 내 몸에 제재를 가할 수도 있겠지. 하지만 못하고 있지."

놈에게 말할 시간을 주지 않고 계속해서 말했다.

종합해 볼 때 모든 일의 중심엔 검집이 있다. 이 모든 건 검집 때문이다!

나는 보물을 찾은 듯 외쳤다.

"제재를 받고 있는 건 너였어. 흑천마검. 네놈은 처음부터 검집의 제재를 받고 있는 거란 말이야. 안 그래? 검집은 너와는 별개니까. 너를 봉인하기 위해서 만들어진 것이었으니까. 검집에 갇혀 있는 이상 네가 할 수 있는 건 아무것도 없던 거였어!"

심장이 갓 잡힌 물고기처럼 파닥 하고 뛰었다. 나는 환한 얼굴로 빙그레 웃었다.

"지금부터 하는 말. 가슴 깊이 새겨들어. 네 놈이 절대 검집에서 나올 일은 없을 거다. 쓸데없는 희망 따윈 갖지 마. 나를 잡아먹겠다고? 스스로 검집에 들어간 네놈의 멍청함을 원망해라. 볼일 다 끝났으니까 이만 꺼져 버려!"

있는 힘껏 외쳤다.
 언제부터인지 몰라도 쥐어져 있던 주먹이 통쾌함으로 부르르 떨렸다.
 놈은 알 듯 모를 듯 미묘한 미소를 남기고는 사라져 버렸다. 그 점이 약간 꺼림칙했지만 줄곧 내 신경을 건드리고 있던 문제를 씻어냈다는 데에 집중했다.
 놈이 검집에 있는 이상 나는 안전하다. 검집이 흑천마검의 행동에 제약을 가할 것이다.
 나는 검집째 뉘어진 흑천마검을 주워들었다. 바빴던 하루가 파노라마가 되어 눈앞을 스쳐 지나갔다.
 일장로와의 일전 그리고 즉위식.
 육체는 피곤하지 않아도 정신적으로는 힘들다.
 이제 그만 휴식을 취하고 싶다는 생각이 들었다. 이쪽 세상에서 내가 해야 할 일은 오늘 즉위식으로 어느 정도 끝냈으니까.
 '돌아가자. 집으로.'

제 7장
시내

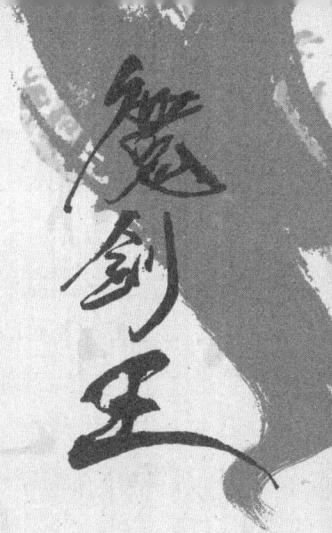

쏴악!

겨울 사막을 횡단할 당시 설아에게 겨울점퍼를 건네주기 위해 잠시 집에 들른 적이 있었다. 방에는 그때의 흔적이 고스란히 남아 있었다.

장판 위에 떨어져 있는 모래들과 활짝 열린 옷장.

손에 쥐고 있던 흑천마검을 옷장 속 물먹는 하마 옆에 넣어두고 옷장 문을 닫았다. 무슨 일이 있어도 절대 꺼내지 않을 거라고 되새기면서 말이다.

이제는 집에 돌아오면 무슨 일을 해야 할지 잘 안다. 저쪽 세상의 흔적들을 지워야 한다.

먼저 처리할 게 지금 입고 있는 흑룡포다.

혈마교 교주만이 입을 수 있다는 바로 그 옷. 흑룡포를 벗으려고 몸을 숙이자 책 한 권이 바닥으로 툭 떨어졌다.

'가져와 버렸네.'

시간 날 때 볼 요량으로 천력마도 비급을 책꽂이 끝에 밀어넣었다. 그런 다음 흑룡포를 벗어 곱게 접었다. 엄마가 발견하지 못하도록 옷장 서랍 깊숙한 곳에 숨겼다.

다음은 신고 있는 가죽신을 숨겨야 한다.

책상과 벽 틈에 쑤셔놓았던 종이봉투를 꺼내 그 속에 가죽신을 넣었다. 그것을 흑룡포의 옆에 놓아두고선 서랍을 닫았다.

이제 남은 것은 한 달가량 입고 있는 팬티뿐이다.

나는 옷장 위 칸에서 팬티 하나를 꺼내 손에 쥐었다. 밤 열두 시를 조금 넘은 시간이었다.

조심히 방문을 열었다.

'엄마……'

거실에는 엄마가 있었다. 베개도 없이 잠든 모습이 퍽 불편하게 보였다. 소리 나지 않도록 움직여 화장실로 직행했다.

구석에 놓인 세탁기 속에 낡은 팬티를 집어넣었다. 그 과정에서 팬티를 빨랫감 깊숙이 집어넣는 것도 잊지 않았다. 닫힌 화장실 문을 재확인하고 나서야 비로소 마음이 놓였다.

거울을 보며 빙그레 웃어보았다. 한 달 정도 있었기 때문에 머리가 조금 더 길었다.

앞머리를 잡아당겨보니 코까지 닿았다. 옆머리는 귀를 집어 삼킨 지 오래였다.

호스를 틀었다.

쏴아아아.

몸 구석구석에 숨어 있던 모래들이 물에 씻겨 나가기 시작했다.

밖에서 엄마의 목소리가 들렸다. 물을 끄자 엄마의 목소리가 뚜렷해졌다.

"아들이야?"

"어."

"왜 이렇게 늦었어?"

"공부 좀 하다 오느라고. 그리고 잘 거면 안방 들어가서 자. 아버지랑 영이는 내가 기다리고 있을게."

엄마가 또렷하게 들을 수 있도록 큰 소리로 말했다. 그런데 다 씻고 나온 후에도 엄마는 거실에서 자고 있었다.

엄마를 깨울까 하다가 안방에서 베개와 이불을 가져왔다. 엄마에게 이불을 덮어주고 머리 밑으로는 베개를 조심히 밀어 넣었다. 엄마가 충혈된 눈으로 나를 힐끔 쳐다보았다. 그러더니 베개를 베고 다시 자기 시작했다.

'다녀왔어.'

잠든 엄마를 잠시 바라봤다.

아버지와 동생 영아가 늦어서일까? 잠든 엄마의 표정이 밝지 않았다.

나는 다시 내 방으로 돌아와, 방에 떨어져 있는 모래들을 걸레로 훔쳤다. 모처럼만에 돌아온 내 방. 책상도 정리하고 곳곳에 내려앉은 먼지들도 닦았다.

한밤중의 청소를 끝냈다. 개운한 마음으로 침대에 몸을 맡겼다. 푹신한 침대시트와 맨살에 닿은 이불의 보드란 촉감이 매우 기분 좋았다.

동생 영아가 집으로 돌아온 건 그로부터 삼십 분이 지나서였다. 얼굴이 피곤으로 물들어 있었다.

영아는 욕심이 많은 아이다.

딴 욕심뿐 아니라 공부 욕심도 많아서 학원이 끝난 후에도 독서실에서 열두 시가 넘도록 공부를 한다. 나는 팬티바람으로 어슬렁어슬렁 나갔다.

엄마도 막 잠에서 깨어나 졸린 목소리로 말했다.

"우리 딸 피곤하지?"

"다들 하는데 뭘. 아빠는?"

"곧 들어오실 거다. 내일 학교 가려면 어서 자야지. 일어나기 힘들라."

"괜찮아. 내일 놀토니까."

그러면서 영아가 나를 보며 빙그레 웃었다.

"놀토라고?"

"어?"

"아, 아니. 내일 놀토지. 하핫."

나는 속으로 크게 기뻐하며 어색한 웃음을 흘렸다.

영아가 의아한 얼굴로 나를 쳐다보다가 방으로 향했다. 방문을 열고 들어가려던 영아와 눈이 마주쳤다. 영아의 눈빛을 알아채고는 방으로 따라 들어갔다.

내가 물었다.

"왜?"

"학기 초에 오빠한테 쪽지 보냈던 언니 있잖아. 오늘 그 언니가 오빠 핸드폰 번호 좀 알려 달래서 알려줬는데…… 연락 안 왔어?"

영아가 가방을 내려놓으며 말했다.

"핸드폰?"

"엄마 거 가지고 다니잖아."

"아!"

영아의 말이 끝나는 순간 내 얼굴이 잔뜩 일그러졌다. 영아가 왜냐고 물어왔지만 나는 아무것도 아니라고 얼버무렸다.

'젠장.'

핸드폰은 지난 번 흑천마검과 벌인 공장부지에서의 싸움 도중 불타 없어졌다.

핸드폰뿐만이 아니다. 가방이 통째로 날아갔다. 가방 속에 들어 있을 교과서와 참고서들 그리고 지갑. 심지어는 가방 옆에 두었던 교복까지 모두 없어졌다.

눈앞이 캄캄해졌다. 이런 내가 이상했는지 영아가 의심스러운 눈빛을 띠다가, 다소 수그러든 목소리로 말했다.

"나 옷 갈아입어야 하는데……."

"그, 그래."

나는 황급히 동생 방에서 나왔다. 엄마는 잠에서 완전히 깨서 소파에 앉아 텔레비전을 보고 있었다.

"아버지가 늦으시네."

내가 말했다.

"오늘 친구 분들 만나고 온댔으니까 늦으실 거다. 아들은 그만 들어가서 자."

"아버지 요즘 술 자주 드시는 것 같아."

나는 저쪽 세상으로 넘어가기 전 기억을 떠올렸다. 자신 없는 작은 목소리로 말했다.

"어, 어제도 드셨었잖아."

엄마는 대답 없이 텔레비전 리모컨을 꾹 꾹 눌렀다. 텔레비전의 채널이 빠르게 넘어갔다. 엄마의 표정이 오늘따라 어둡게 느껴졌다.

"나 잘게."

엄마에게 말한 후에 방으로 들어왔다.

침대에 누워 이불을 턱 밑까지 끌어 올렸다. 잠이 쉽게 오지 않는 밤이었다.

오늘 많은 일들이 있었기 때문이기도 하지만, 아버지가 가장 큰 이유였다.

최근 들어 술을 자주 마시고 들어오는 아버지와 엄마의 어두운 표정. 집에 무슨 일이 있는 것 같았다. 가족에게 소홀했다는 생각에 죄책감이 들었다.

한참을 침대에 누워 천장만 바라보고 있었다. 그때 우리 집으로 걸어오는 누군가의 기운이 느껴졌다.

'아버지다!'

서둘러 거실로 나갔다. 엄마가 내게 고개를 돌렸을 때 거실 문이 열렸다.

"안 자고 기다리고 있었네. 역시 우리 아들이고 우리 여보야."

아버지는 얼큰하게 취한 상태였다.

신발장 앞에 쭈그리고 앉아 신발을 벗으려고 하셨다. 운동화가 쉽게 벗겨지지 않는지 신경질적으로 "에이씨."하고 중얼거리셨다. 엄마는 아버지의 운동화를 벗긴 후에 거실로 부축해서 들어왔다.

다 낡고 더러워진 아버지의 운동화를 바라보다 아버지에게 다가갔다.

엄마를 도와 아버지의 양말과 옷을 벗겨드렸다. 엄마가 걱정스러운 눈으로 아버지에게 이불을 덮어주었다. 눕자마자 잠에 드신 아버지가 코를 골기 시작하셨다.

"안방에 안 모셔도 돼?"

내가 물었다.

"그냥 여기서 주무시게 놔둬라."

"음……."

"엄마도 들어가서 자야겠다. 늦었다. 어서 자야지."

"저……."

"어?"

어떻게 말을 꺼내야 할지 몰라 망설였다. 솔직한 심정으론 무안하기도 하고 부끄럽기도 했다. 아들로서 당연히 물어볼 수 있는 말임에도 불구하고도 그랬다.

나는 용기를 내서 말했다.

"무슨 일 있어? 아버지가 요즘 술도 자주 드시고, 힘들어 보이시네."

반은 쑥스럽고 반은 걱정스러웠다. 엄마는 아버지에게 시선을 고정한 채 대답했다.

"일은 무슨 일. 아들은 공부에만 신경 써. 요즘 성적이 오르고 있잖아. 아버지가 얼마나 좋아하시는데."

"공부는 알아서 잘할 건데. 그래도……."

"아들이 지난번에 모의고사 오 등한 거 때문에, 아버지가 친구들에게 한턱내기로 하신 모양인데. 오늘이었던가? 표현을 잘 못하셔서 그렇지, 얼마나 좋아하시는데."

엄마는 몸을 돌려 내 뒷머리를 쓰다듬었다. 나는 묵묵히 고개를 끄덕인 후에 자리에서 일어났다.

"나 잘게."

"잘 자라. 우리 아들."

방으로 돌아왔다. 방문을 닫기 전, 아버지를 굽어보는 엄마의 모습을 보았다. 무척이나 작아진 모습. 속으로 한숨을 내쉬며 방문을 닫았다.

마음이 편치 않아 쉽게 잠에 들지 못했다.

창밖은 아직도 어두웠다.

형광등을 켜고 시계를 확인해 보니 새벽 다섯 시였다. 두 시 정도에 잠이 들었으니 세 시간밖에 자지 않은 것이다. 그럼에도 불구하고 몸은 그 어느 때보다 개운했다.

무공이 완숙해질수록 그렇다. 조금만 자도 숙면을 취할 수 있다. 방문을 잠그고 돌아와서 가부좌를 틀고 앉았다.

아침식사 시간까지 남은 두 시간 동안 운기행공을 한 다음 거실로 나왔다. 가족 모두가 깨서 거실에 있었다. 아버지도 막 화장실에서 나와 수건으로 머리를 털고 계셨다.

"오늘 학교 안 간다고?"

위엄 있고 무뚝뚝하시며 무서운 아버지.

평소의 아버지 모습 그대로였다.

"오늘 놀토라서요."

나는 아버지의 얼굴을 빤히 바라보았다. 어딘가에 있을 아버지의 걱정거리를 찾기 위해서였다.

"화장실?"

아버지가 내 의도를 오해해서 화장실 문 앞에서 비켜섰다.

엄마가 아침식사를 차리기까지 시간도 남고해서 화장실에서 샤워를 하고 나왔다. 아버지와 영아는 소파에 앉아 아침 뉴스를 보고 있었고, 엄마는 식탁에 아침 밥상을 차리는 중이었다.

텔레비전에서 귀에 익은 단어들이 들렸다. 영이 옆에 앉으며 텔레비전을 바라보았다.

"어젯밤 열한 시 삼십 분경. 전주 팔복동 공업단지에서 연쇄 폭발사고가 일어나면서 화재가 발생했습니다. 이번 화재로 인명피해는 없었지만 많은 재산 피해를 낸 것으로 밝혀졌습니다. 전주 완산소방서 소방장 강종택 단장은 이 날 밤 SI 양말기계공장에서 큰 폭발음이 연쇄적으로 울려 소방대원들이 출동했다고 전했습니다. 소방서측은 폭발 원인에 관해 자세히 설명하진 않았지만 불길은 약 삼십 분 만에 진화됐다고 말하고 있습니다. 화재가 발생한 SI기계는……."

흑천마검이 내게 덤벼들었던 바로 그 사건이다. 내게는 한 달도 전에 벌어진 일이지만, 시간이 멈춰져 있었던 현실에선 바로 어제 일어난 사건이었다.

화면 속의 공장부지는 완전히 엉망진창이었다. 소방관들이 잿더미 위를 오가고 있었고, 한쪽에선 크레인들이 검게 그을린 철골들을 옮기고 있었다.

생각보다 큰 사건인 모양이다.

지방 뉴스도 아닌 전국 방송 뉴스에서 꽤 긴 시간 동안 소식을 전하고 있었다.

"어쩐지……. 그래서 어젯밤에 소방차들이 그렇게 많이 보였구나. 오빠는 못 봤지?"

영아가 물었다.

"나, 난리가 났었네."

나는 아무것도 모르겠다는 식으로 대답했다. 그러면서 내 방문을 힐끔 쳐다보았다. 흑천마검이 옷장 안에서 낄낄거리고 있을 것만 같았다.

폭발에 튕겨 나와 도로 위로 떨어졌을 때, 나를 목격했던 운전자 아줌마가 생각났다. 그 아줌마가 뉴스에 나올까 싶어 끝까지 보았지만 다행히도 나오지 않았다.

"밥 먹어라."

엄마가 우리를 불렀다.

근 한 달 만에 집에서 먹는 밥은 이로 말할 수 없이 맛있었다.

두 번이나 밥을 더 떠서 먹는 나를 보고, 엄마는 왜 내가 요즘 부쩍 크는지 알 것 같다고 말했다. 영아도 엄마의 말에 맞장구치며 내 머리카락을 잡아당겼다.

거기에 대고 사실은 '다른 세계에 다녀왔어.'라고는 말할 수는 없는 노릇이다.

밥을 드시던 내내 머리를 힐끔힐끔 쳐다보던 아버지가 이윽고 한마디하셨다.

"머리 좀 잘라라. 학생 머리가 그게 뭐냐."

예전 같으면 반항심에 퉁명스러운 태도로 그렇게 하겠노라고 했겠지만, 가출사건은 내게 가족이 무엇인지 가르쳐주었다. 모두가 다 날 사랑해서 하는 말임을 안다.

"예, 아버지."

나는 공손하게 대답했다.

그런 나를 사랑스러워 죽겠다는 얼굴로 바라보고 있던 엄마가 숟가락 위에 반찬을 올려주며 물었다.

"기영이랑 우철이는 어떻다니? 공부 잘하고 있다니?"

"그럴 거야."

"요즘 안 만나?"

"나는 유급되었으니까 만날 시간이 거의 없지. 학교에서 잠깐잠깐 점심 같이 먹는 게 다야. 걔네들은 고삼이잖아."

"……."

엄마와 아버지, 그리고 영아도 가출사건을 떠올렸는지 얼굴이 다들 대번에 굳었다. 서먹서먹한 분위기가 흐르는 게 이상해서 나는 빈 밥그릇을 내보이면서 서둘러 말했다.

"엄마, 나 밥."

"또?"

모두가 놀란 눈으로 나를 쳐다보았다.

아침을 먹은 후 방에 돌아온 나는 책상 서랍부터 뒤졌다.

"있을 텐데……."

아니, 있어야 한다.

부모님 선물을 사겠다고 신문배달 아르바이트를 했었다. 이백 부를 돌려서 자그마치 사십만 원을 벌었다. 그중 삼십만 원은 엄마와 아버지 선물을 사는데 썼고 남은 돈은 한 푼도 쓰지 않고 서랍 안에 넣어 두었다.

서랍을 뒤적이던 중 새까맣게 잊고 있던 것이 튀어나왔다.

핸드폰 번호가 적힌 쪽지를 보며 나는 희미한 미소를 띠었다. 그것을 다시 제자리에 놓아둔 다음 서랍 안 깊숙이 손을 집어넣었다.

구깃구깃한 하얀 봉투가 딸려 나왔다. 기억대로 정확히 십만 원이 들어 있었다.

가방, 신발, 교과서, 교복, 거기에 핸드폰까지. 모두 십만 원 안에서 해결을 보아야 한다.

'어림도 없지.'

나는 자조 섞인 미소를 지으며 침대에 걸터앉았다.

손에 봉투를 쥐고 한참을 고민하고 있을 때, 영아의 목소리가 들렸다.

"나 들어갈게."

영아가 빼꼼 고개를 들이밀었다.

"오빠 뭐해?"

"그냥 있어."

영아가 내 손에 들린 봉투를 보면서 물었다.

"오늘 뭐할 거야? 놀토인데 집에만 있을 건 아니지?"

"오늘?"

"응."

영아는 내게 뭔가를 부탁하려는 사람처럼 보였다.

"오늘 시내 나가보려고."

"시내는 왜?"

"머리도 잘라야 하고 신발이랑 가방도 사야 하고."

그런 내 대답을 기다리고 있었던 듯 영아의 얼굴이 환하게 밝아졌다.

"나도 시내 갈 일 있는데……."

영아가 말꼬리를 흐렸다.

"너도? 왜?"

"나도 이것저것 살게 있어."

나를 바라보는 영아의 눈이 반짝반짝 빛났다. 꼭 간식을 기다리는 강아지 같아서 나는 속으로 웃었다.

"그럼 같이 갈까? 같이 시내 가본 지도……."

생각해 보니 영아랑 단 둘이서 시내를 나가본 적이 없었다. 아주 당연히 한두 번쯤은 같이 나갔을 거라고 생각했었는데 말이다.

그러고 보니 시내에 나갈 일이 있으면 언제나 기영이와 우철이와 함께 갔었다.

"있지. 그러면 나 독서실에서 공부하고 있을 테니까 한 시쯤에 데리러 와라. 응?"

"그래."

방을 나가는 영아의 발걸음이 가벼워 보였다.

실로 오래간만의 휴식이고 개인 시간이었다. 마땅히 할 일이 없어 책꽂이에 꽂아두었던 천력마도 비급을 꺼내 들었다.

침대에 누운 채로 하나하나 훑어 내려갔고 머릿속으로 가상의 공간을 만들어 천력마도를 펼쳐 보기도 했다.

상상수련만으로는 안 되겠다 싶어지면 침대에서 내려와 직접 몸을 움직였다. 그러다 보니 어느덧 시각이 한 시에 가까워져 가고 있었다.

준비하고 나가려는데 한 가지 문제가 생겼다.

마땅히 입을 옷이 없다는 것이다.

요 근래 부쩍 커 버린 탓에 옷 크기가 작았다.

그나마 마지막 남은 추리닝 바지를 발견했다.

하늘색 추리닝은 꼭 학교체육복같이 생겼다. 입고 나가기에는 분명 쪽팔린 것이었지만 선택의 여지가 없었다.

신발도 마찬가지였다. 기존의 운동화들은 모두 저쪽 세상에서 버려 남아 있는 것이라곤 작년 여름에 산 슬리퍼가 다였다.

하늘색 추리닝 바지에 하얀색 티셔츠를 입고 슬리퍼를 끄는 내 모습을 생각하니 나가기가 망설여졌다.

그렇다고 집안 형편 뻔히 아는데 엄마에게 돈을 탈 수도 없는 노릇이었다.

역시나 영아가 내 차림을 보고 힐끗 웃었다. 꽃무늬가 옅게 찍혀 있는 원피스를 차려입은 영아의 모습은 무척이나 세련되고 예뻤다.

"그렇게 입고 공부한 거야?"

내가 물었다.

"갈아입었지."

"후우. 나 빈곤해 보이지? 같이 다니기 쪽팔려서 어쩌냐."

"오빠는 옷발이 잘 받아서 괜찮은데? 좋겠어. 옷값 아낄 수 있어서. 그래도 슬리퍼는 좀 아니다. 내가 예쁜 신발로 골라줄게. 어서 가자."

우리는 버스를 타고 이동했다.

십오 분 정도 후, 다섯 정거장을 지나쳐서 시내에 도착했다. 놀토라서 그런지 내 또래 아이들은 물론이고 중딩들도 많았다. 모처럼만에 시내에 나와서 기분이 들떴다.

영아에게 뭐가 먹고 싶냐고 물었다. 신발을 사러가기 앞서 밥부터 사주기 위해서였다.

"오빠 돈 얼마나 있어?"
"먹고 싶은 거 사줄 만큼 있으니까 걱정 마셔요."
"분식 먹자, 분식. 내가 사줄게."
"됐네요. 피자 먹을래?"
피자를 먹고 나면 십만 원에서 팔만 원 정도 남을 것이다. 영아는 내 얼굴을 살핀 후에 고개를 저었다.
"살쪄. 라볶이하고 튀김하고 오므라이스."
"그건 살 안 찌냐?"
"피자 한 판에 삼천이백 칼로리야. 거기에 샐러드랑 먹고 그러면 사천 칼로리지. 라볶이, 튀김, 오므라이스 다 해서 이천 칼로리쯤 될 거고. 그런다니까."
영아는 헤실헤실 웃으며 말했다.
정류장에서 오 분 정도 걸어간 곳에 있는 '김밥이 맛있는 집' 이라는 분식집으로 들어갔다.
역시나 중딩과 고딩들로 가득했다. 빈자리를 찾기 위해 두리번거리고 있을 때, 우리에게 시선이 집중되는 게 느껴졌다. 중딩으로 보이는 여자아이 몇몇이 나를 빤히 쳐다보았다. 나도 아는 아이들인가 싶어 똑같이 쳐다보자 일제히 고개를 홱 돌렸다.
겨우 한 자리 나 있는 이인용 테이블에 앉았다. 라디오에서 요즘 유행하는 여성 그룹의 노래가 흘러나오고 있었다.
주문을 한 다음 영아에게 물었다.

"집에 무슨 일 있어?"
"오빠도 그렇게 생각하지?"
"어."
"요즘 은행에서 전화가 자주 와."
영아가 걱정스러운 어조로 말했다.
"은행?"
"나 저녁은 집에서 먹잖아. 그때 오빠는 집에 없어서 모르지? 집에 있으면 꼭 은행에서 전화가 와. 아버지를 찾더라고. 자세한 건 모르겠는데……. 그것 때문이 아닐까?"
"우리 집 은행에 빚 있어?"
"그런 것 같아. 저번에는 엄마가 서울 큰이모에게 전화하는 걸 들었는데."
"들었는데?"
"돈을 빌리려고 하셨어."
"결국 돈 문제구나……."
우리의 기분이 축 처졌다.

영아는 애써 자신의 학교생활 이야기로 화제를 돌렸다. 친한 친구 수진이라는 아이 이야기부터, 히스테리 부리는 노처녀 선생님. 거기에 학업성적 이야기까지 대화가 자연스럽게 이어졌다.

점심을 다 먹을 때쯤 우리는 기분이 많이 나아져 있었다.
신발을 사기 위해 거리를 걸었다.

피자 조각과 과일주스를 파는 간이상점, 전단지를 나누어주는 할머니, 핸드폰 보고 가라는 통신사 직원들, 와플집 앞으로 길게 늘어선 줄과 맛있는 토스트 냄새, 맡기 싫은 담배 냄새까지.

거리는 각양각색의 사람들이 만들어내는 형형색색의 움직임과 다양한 냄새가 뒤섞여 어수선했다.

우리는 수많은 인파 속에 파묻혀 걸었다.

헬스로 근육을 키우고 목에 금목걸이를 건다던지, 험상궂은 얼굴을 하고 불량스러운 옷을 입는다던지 하는 사람들을 보게 되면 속으로 혀를 찼다.

눈곱만 한 기운도 느껴지지 않아 툭 하고 건들면 쓰러질 사람들이기 때문이다. 겉으론 으스대고 있을 진 몰라도 말이다.

영아가 한 상점 앞에서 발걸음을 멈췄다.

"르꼬끄 어때? 여기 신발 거의 예쁘다던데. 가방도 예쁜 거 많다고 하고."

나는 유리창 안 진열대를 바라보았다. 영아의 말대로 맘에 드는 운동화도 가방도 보였다. 하지만 상점 문을 열고 들어가지는 않았다. 굳이 들어가서 가격을 묻지 않아도 비쌀 게 분명했다.

"싫어? 그러면 EXR이나 클락스는? 아……. 다른 남자들처럼 나이키 같은 거?"

나도 모르는 메이커 이름들이 영아 입에서 줄줄 나왔다. 어떻게 그리 잘 아냐고 묻자, 친구 수진이에게 들었다는 것이다.
"저기 가자. 예뻐 보이는 게 많네."
그러면서 영아는 여성용 운동화 하나를 꼭 집어 가리켰다.
"저거 정말 예쁘다. 그지?"
영아의 눈이 반짝거렸다.
"그, 그러네. 그나저나 다른 데로 가자."
"왜에?"
"비싸잖아."
"얼마나 하는데?"
"대부분이 십만 원대야."
"그렇게 비싸?"
영아의 눈이 휘둥그레졌다.
"신발나라 가자. 거기 가도 괜찮은 거 많아."
"으, 응. 오빠."
영아는 그렇게 대답하면서도 아쉬운 기색이 역력했다. 생각 같아선 영아가 마음에 들어 하는 운동화를 선물로 사주고 싶지만 돈이 부족하다. 신발나라에서 만 원짜리 운동화를 산 후에 물었다.
"영아야. 너도 뭐 살 거 있지 않아?"
"머리끈하고 양말."
영아가 밝은 목소리로 말했다.
"내 거 하나는 샀으니까 이제 네 거 사러 가자. 어디로 갈까?"
 영아는 오락실 거리 앞에 있는 팬시점을 말했다.
 오락실 거리는 여전했다. 오락실 앞에는 일진으로 보이는 중고딩들이 삼삼오오 모여 쭈그리고 앉아 있거나, 혹은 핸드폰을 만지작거리면서 낄낄대고 있었다.
 대부분이 담배를 피며 험악한 얼굴로 위화감을 조성하고 있지만, 그 앞을 지나는 어느 어른도 이들에게 뭐라 말을 하지 않았다. 아니 못하고 있는 것인가?
 그네들 무리 속에서 낯익은 얼굴이 보였다.
 누군가 했더니 우리 반 동환이였다.
 친하지는 않지만 아침에 만나면 서로 인사 정도는 하는 사이이긴 했다.
 키가 큰 한 녀석이 동환이를 어깨동무하고 있었고, 동환이는 잔뜩 주눅 들어 고개를 푹 숙이고 있었다. 쭈그리고 앉아 담배를 피고 있던 다른 녀석들이 동환이를 올려다보며 히죽히죽 웃었다.
 그리 낯선 광경만은 아니었다.
 무슨 상황인지 대번에 감이 잡혔다.
 "잠깐만, 영아야."
 영아에게 그렇게 말한 후에 녀석들에게 걸어갔다. 나를 알아챈 몇 녀석들이 '넌 뭐냐?'라는 눈빛으로 나를 째려보았다.
 나는 그놈들을 무시한 채 말했다.

"동환아."

동환이가 슬그머니 고개를 들어 나를 발견했다. 겁먹었던 동환이의 눈이 주먹만큼 커졌다. 곧 구세주를 만난 것처럼 얼굴 표정이 밝아졌다.

"진욱이 형!"

총 네 녀석이었다.

양아치들은 어쩌면 하나같이 외모에 '나 양아치다.'라고 쓰고 다니는 것일까? 한 손은 주머니에 찔러놓고, 다른 한 손으론 담배를 꼬나물고 있으면 멋지고 강해 보인다고 생각하는 걸까?

동환이가 내게로 뛰어와 등 뒤로 숨었다. 사태를 짐작한 영아가 걱정스러운 표정으로 서 있는 게 신경이 쓰였다. 빨리 이 상황을 끝내기로 마음먹으며 동환이에게 물었다.

"무슨 일이야?"

"그, 그게……"

동환이는 우물쭈물하더니 결심했다는 듯 입을 열었다.

"저 새끼들이 삥 뜯으려고 해요."

백주대낮 시내 한복판에서 삥을 뜯으려하다니. 하긴 중삼 때 나도 이와 비슷한 경험이 있었다. 또래나 혹은 한 살 정도 위로 보이는 양아치 무리가 "야!"하고 나를 불렀을 때, 나는 쳐다보지도 않고 줄행랑을 쳤었다.

그때 기억이 떠올라서 입가에 미소가 떠올랐다.

240

"이 자식은 또 뭐냐."

가장 싸움을 잘해 보이는 녀석이 나섰다.

키는 백칠십 센티미터에 못 미쳤지만, 다른 녀석들보다 험상궂은 인상을 가지고 있었다. 옷 위로 드러난 몸매도 제법 괜찮았다. 작지만 매우 단단한 돌멩이를 연상시키는 녀석이었다.

그 녀석을 필두로, 모두가 나를 위아래로 훑어보았다. 동환이를 대할 때 걸려 있던 비웃음들이 서서히 사라졌다. 그 자리에서 나를 향한 적개심이 피어올랐다.

개 중에는 주먹을 말아 쥐면서 나를 쏘아보는 녀석도 있었다.

나는 하도 기가 막혀서 "하!"하고 비웃음을 흘렸다. 그러자 녀석들의 얼굴이 잔뜩 일그러졌다. 하지만 어느 누구도 함부로 행동하진 않았다. 심지어는 가장 흔한 욕조차도 내뱉지 않고 있다.

"야 찐따! 이 새끼가 네 형이냐?"

앞으로 나섰던 녀석이 나를 턱으로 가리키면서 동환이에게 물었다. 동환이가 구조를 바라는 얼굴로 나를 올려다보았다.

내 앞에 서 있는 녀석이 나를 보고 이 새끼 저 새끼 욕을 해 댔지만, 정작 나는 화도 나지 않았다. 마음에 여유가 있고 자신이 있으니 쉽게 감정이 격해지지 않고 사태를 차분하게 대할 수 있었다.

내가 말했다.

"이만 끝내자. 시내 한복판에서 쪽팔리게 이러지 말자. 다들 쳐다보는 거 보이지?"

거리를 오가는 사람들이 우리들을 힐끔힐끔 쳐다보고 있었다. 반대편 골목에 있는 다른 중고딩 무리들은 우리의 눈치를 살피며 그네들끼리 쑥덕거리고 있었다.

녀석의 눈동자가 내 말에 갈등하는 듯 흔들렸다. 하지만 녀석의 친구들이 좌우로 다가오자 녀석은 눈을 앙칼지게 떴다.

"까고 있네. 한판 뜰까?"

녀석은 친구들 앞에서 약한 모습을 보이기 싫은 모양이었다. 녀석의 커진 목소리에 사람들의 시선이 꽂히는 게 느껴졌다.

'소꿉장난하는 것도 아니고······.'

지금 이러한 상황 자체가 한심스러웠다.

"오빠. 무슨 일이야?"

영아가 참지 못하고 뒤로 다가왔다.

"너희들! 우리 오빠한테 왜 그래!"

영아가 녀석들을 향해 쏘아붙이고는 내 손목을 잡아끌었다. 상관 말고 가자는 뜻이었다.

"가자."

엉거주춤 서 있던 동환이에게 말했다. 동환이는 나와 녀석들을 번갈아 쳐다보다가 내 옆으로 바싹 달라붙었다. 등을 돌러 몇 발짝 걸어갔을 때였다.

"새꺄 덤벼!"

등 뒤로 의기양양한 녀석의 목소리가 들렸다.

"오빠 참아."

영아가 말했고 나는 고개를 끄덕였다.

"걸레 같은 년 옆에 끼고 낮부터 잠이라도 자려는 모양이지?"

지저분한 농담에 키득거리며 웃는 녀석들이 보였다. 그뿐만이 아니다. 그런 지저분한 농담을 하면서 영아의 몸을 훑는 것이 느껴졌다.

얼굴이 새빨갛게 달아오른 영아가 걸음을 재촉했지만, 발이 떨어지지 않았다.

"뚫린 입이라고 함부로 지껄이지 마라."

화악 타오른 화가 순간 몸을 휘감았다. 녀석의 얼굴에서 불안함이 엿보였다.

다른 녀석들도 달라진 내 태도에 놀랐다.

"뭐, 뭐야?"

녀석들이 놀라며 한 걸음 뒤로 물러섰다.

그대로 녀석의 따귀를 때렸다.

짜악!

녀석의 얼굴이 휙 돌아갔다.

내력은 당연히 끌어 올리지 않았고 힘도 뺀다고 뺐다. 그런데도 녀석은 돌아간 얼굴과 함께 옆으로 비틀거리며 넘어졌다.

 녀석이 토끼처럼 놀란 눈으로 나를 올려다보았다. 내가 녀석의 멱살을 잡아끌어 올릴 때까지도, 다른 녀석들은 꿀 먹은 벙어리가 되서 눈만 깜박거렸다.
 "어디 다녀?"
 조용하게 물었다.
 "……."
 녀석이 내 팔을 뿌리치려고 해서 멱살을 잡은 손에 힘을 줬다. 녀석의 얼굴이 고통으로 일그러졌다. 녀석의 안색이 변하려는 찰라 손에서 힘을 빼며 물었다.
 "어디 다니냐고."
 "너, 넌…… 어디 다니냐."
 어김없이 녀석의 말 뒤에 욕이 따라 붙었다.
 사서 매를 버는 꼴이다.
 짜악!
 따귀소리가 조금 진보다 더 컸다.
 그제야 지켜보고만 있던 녀석의 친구 셋이 욕을 하며 달려들었다. 나와 녀석을 떼어놓으려는 놈, 내 목을 쥐려는 놈, 내 얼굴에 주먹을 먹이려는 놈. 녀석의 친구들의 행동이 빤히 보였다.
 가까이 다가오는 순으로 놈들의 어깨를 손바닥으로 밀쳐냈다.

　놈들은 도미노처럼 하나씩 뒤로 나자빠졌다.

　휙!

　욕을 하며 다시 일어나려는 놈들 위로 멱살 잡고 있던 녀석을 던져주었다.

　아직도 눈에 쌍심지를 켜고 있는 놈이 보였다.

　퍽.

　놈의 가슴을 발로 밀듯이 차 버렸다.

　놈들의 기세가 눈에 띄게 꺾였다. 놈들은 어깨를 움켜쥐면서 신음을 흘렸다. 더는 일어날 생각을 하지 않고, 말없이 나를 올려다보았다.

　주위는 이미 구경꾼들이 상당했다.

　내 또래 아이들은 물론이고 대학생이나 어른들도 있었다. 대놓고 우리들을 구경하고 있지는 못해도, 반대편 골목길이나 상점 안에서, 혹은 발걸음을 느리게 하며 보지 않는 척하며 우리들을 곁눈질했다.

　따귀 두 대로는 모자란 걸까?

　녀석이 쓰러져 있는 채로 내게 물었다.

　"씹새야…… 어디 다니냐……."

　"전일고."

　대답해 주었다. 못할 이유도 없으니까.

　"전일고? 너 같은 새끼는 본 적도 없는데……."

그러더니 비장의 카드를 쥔 도박사처럼 비열하게 웃으며 자리에서 일어났다. 그리곤 내게 말했다.

"유기준 알지?"

유기준이라면 박인과 박재한 그리고 이대성과 함께 학교를 주름잡았던 놈이다. 놈은 나한테 두 번을 맞았는데 한 번은 강당 뒤에서 한 번은 쭈대 운동장에서였다.

녀석은 핸드폰을 꺼내 어딘가로 바쁘게 연락했다. 녀석이 비릿한 미소와 함께 수화기에 대고 말했다.

"기준아! 나, 병섭이. 어. 아니. 시내다. 그게 아니고 여기 일이 있어서. 어. 아 씨발 너희 학교 어떤 좆밥 새끼가 개겨서 말이야. 아니지. 너희 학교 애들이라면 내가 다 아는데 이 새끼는 본 적도 없는 새끼야. 어. 아니. 학년은 몰라. 어. 지금 앞에 있어. 어. 알았어. 바꿔줄게."

녀석이 대뜸 핸드폰을 내밀었다.

"받아봐라."

녀석은 유기준을 통하면 나를 짓누를 수 있을 거라고 생각한 것 같다. 나는 영아와 동환이에게 어깨를 으쓱해 보이며 핸드폰을 받았다.

"여보세요."

내가 말했다.

"너 누구냐?"

위협적으로 내리깐 목소리가 수화기 너머로 들렸다. 유기준

246

의 목소리였다.

"나?"

"그래. 너 이 새끼야. 몇 학년이냐?"

"이 학년."

"이 학년? 아 씨발. 머리에 피도 안 마른 새끼가. 내가 누군지 모르냐? 죽을래? 알잖아 새끼야. 학교 그만 다니고 싶지? 처맞고 싶냐?"

"……"

"이 학년 몇 반 이름이 뭐냐? 빨리 말해. 나 성격 지랄 같으니까."

"나?"

"아놔! 이게 뒤질라고 환장했나. 이름이 뭐냐고. 말 안 하면 못 찾을 것 같냐? 나 지금 시내로 나가면 그때 진짜 죽는 거다. 그러니까 좋은 말로 할 때 말해라."

유기준이나, '이제 넌 죽었다.'라는 듯이 나를 쳐다보고 있는 양아치 놈들이나 모두 가소로웠다.

웃음을 참으며 말했다.

"내 이름? 정진욱. 그리고 너 욕 좀 그만해라."

"어?"

"나 정진욱이라고."

"까고 있네……"

유기준은 자신 없이 말꼬리를 흐렸다. 그리고 잠깐의 정적이 흘렀다.
"저, 정말 정진욱?"
"몇 번을 말해야 하냐."
그쯤해서 나도 목소리에 짜증이 묻어나왔다.
"지, 진욱아!"
유기준이 떨리는 목소리로 외쳤다. 녀석의 태도가 한번에 바뀌었다.
"그, 그, 그……런 게 아니라 그, 그러니까. 나는 너인 줄 모르고. 아 정말 넌 줄 몰랐어. 내, 내가 미쳤냐? 너, 너, 너인 줄 알았으면 그, 그랬겠어? 병섭이 좀 바꿔줘."
헬스장의 진동 운동기처럼 목소리가 사정없이 떨렸다.
"병섭이?"
"해, 핸드폰 준 병신새끼 말이야."
"바꿔 달라는데?"
병섭이란 녀석에게 핸드폰을 되돌려주며 입꼬리를 올렸다.
분명 내 반응은 녀석의 기대와는 완전히 어긋난 것이었다. 녀석이 얼떨떨한 동작으로 핸드폰을 받아 유기준과 통화를 하기 시작했다.
"어. 어. 어."
마치 앵무새라도 되어 버린 듯 같은 말만 반복했다. 시간이 흐를수록 녀석의 얼굴은 점점 사색이 되어갔다.
녀석이 통화를 끝내고 핸드폰을 닫았다. 놈을 유심히 바라보고 있던 녀석의 친구들이 심상치 않은 낌새를 읽은 모양이었다. 모두가 눈을 내리 깔고 조용해졌다.

녀석은 나를 힐끔 바라보더니, 시선을 돌려 원망 섞인 눈으로 동환이를 쳐다보다 말했다.

"마, 말해주지 그랬어."

녀석이 말했다.

"우린 아무것도 몰랐어. 네가 정진욱인지 말이야. 앞으로 이런 일 없을 테니까……."

나는 단호하게 아니라고 말했다. 그러자 녀석은 자신의 친구들을 돌아본 후에, 내게 아주 조그마한 목소리로 말했다.

"한 번만 봐줘."

겨우 나만 알아들을 수 있을 정도의 소리였다. 못할 말을 한다는 듯 일그러트린 얼굴에서 마지막 남은 알량한 자존심이 보였다.

그뿐이었다. 시선을 마주치지 못하고 내리깔려진 눈, 꾸지람을 받는 어린아이처럼 숙여진 어깨. 녀석은 완전히 기세가 꺾여 찍소리도 하지 못했다.

유기준이 나에 대해서 뭐라고 말했기에 놈이 이러는 걸까? 보통 이런 양아치 놈들은 맞아야 정신을 차리는 족속들이다. 내게 맞은 것이라곤 뺨 두 대가 다였는데도, 녀석은 나를 무서워하기 시작했다.

내가 물었다.

"그것뿐이야?"

"어?"

"사과해야지. 우리 모두에게."

"사과해라."

나는 녀석의 친구들에게도 말했다. 녀석이 "미안해."라고 말하자, 우물쭈물하고 있던 녀석의 친구들도 우리에게 미안하다고 말했다.

"가, 가 봐도 되지?"

녀석이 허락을 구했다. 내가 고개를 끄덕이자 녀석들이 내 눈치를 살피며 슬금슬금 자리를 떠났다.

반대편 골목길에서 구경하고 있던 중고딩들이 자기네들끼리 쑥덕거리며 나를 훔쳐보았다. 그 표정, 그 눈빛들은 꼭 나를 우러러보고 있는 듯했다.

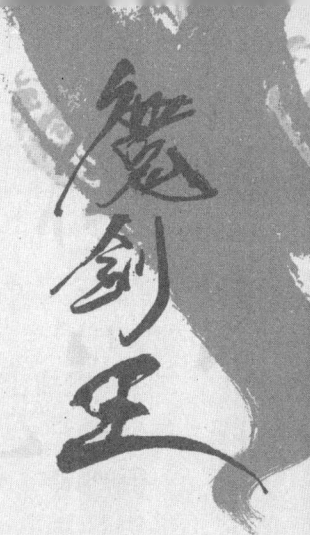

문득 그런 생각이 들었다.

만일 내가 강하지 않았다면? 그랬다면 사과했을 쪽은 나였겠지?

강해져서 좋은 여러 이유 중에 하나가 바로 이것이다.

못 볼꼴을 참지 않아도 된다는 점. 내 주위 사람들을 도울 수 있다는 점. 눈치를 보지 않아도 된다는 점. 그리고 이쪽 세상에 있으면 자신감으로 가득 찬 나를 볼 수 있다는 점이 좋다.

엄마는 거실에서 가계부 정리를 하고 있었다.

"저녁은 먹고 왔어?"

엄마의 물음에 영아가 "아니."라고 대답하는 사이 나는 황급히 방 안으로 들어갔다. 시내에서 새로 산 가방을 책상 위에 올려놓고, 그 속에서 빳빳한 교과서들을 꺼내 책꽂이에 꽂아 두었다.

 '엄마가 예전의 가방은 어디에 두었냐고 묻지 말아야 할 텐데.'

 침대에 눕자 베개 밑으로 딱딱한 뭔가가 느껴졌다. 나는 방문을 주시하면서 베개 밑으로 손을 집어넣었다. 천력마도 비급이 손에 잡혔다.

 현실 속에 비현실.

 내 방에는 그런 것이 여러 개 있다.

 장롱 속에 처박아 둔 흑천마검, 장롱 서랍 깊숙한 곳에 감춰져 있는 흑룡포와 가죽신, 그리고 바로 나 자신이다.

 직접 보여주기 전까진 아무도 믿지 않을 이야기를 나는 가지고 있다.

 천력마도 비급을 소설 보듯 눈으로 읽어 내려가면서 고개를 끄덕거리고 있었는데 갑자기 방문이 열렸다.

 반사적으로 천력마도 비급을 급히 등 뒤로 숨겼다. 그리고 허둥대며 말했다.

 "오, 오빠 방에 들어올 때는 노크해야지."

 "오빠도 노크 안 하잖아."

 영아가 이불 쪽을 힐끗거리며 말했다. 나는 손에 쥐고 있는 천력마도 비급을 이불 속 깊이 밀어 넣고 이불도 턱 밑까지 끌어 올렸다.

"왜?"

"엄마가 밥 먹으래. 그런데 그 속에 그거 뭐야?"

"어떤 거?"

"이불 속에 감춘거 말이야."

"뭘 감췄다고 그래."

영아가 날 보며 묘한 미소를 지었다.

마치 자신은 다 알고 있다는 듯 당당한 얼굴이었고 두 눈은 호기심으로 가득했다.

이상한 쪽으로 오해를 하고 있는 게 분명했다. 아니라고 말해주고 싶어도 그럴 수 없다.

"오빠도 그런거 봐?"

영아가 토끼 같은 눈을 동그랗게 뜨며 물었다.

"그, 그런 게 뭐야."

영아는 약간의 뜸을 들인 다음 말했다.

"몰라……. 아무튼 밥 먹으러 나와. 엄마가 고등어 구워놨어."

영아는 말을 마치고는 방을 나갔다. 그 뒤로 키득거리는 영아의 웃음소리가 들렸다.

한숨을 내쉬며 자리에서 일어났다. 오해의 원인을 책꽂이 깊숙이 꽂아놓은 후 거실로 나갔다. 식탁 위에 내 밥그릇을 올려놓는 엄마와 눈이 마주쳤다.
"아버지는?"
지금 시간이 오후 일곱 시. 아버지가 돌아오실 시간이 됐는데 식탁 위에는 나와 영아의 밥그릇밖에 없었다. 엄마도 시계를 보면서 고개를 갸웃거렸다. 그때 엄마의 얼굴에 불안함이 잠시 머물렀다 사라졌다.
"어서들 먹어라. 네 아버지는 오늘도 늦으실 모양이다."
"엄마는?"
"엄마는 네 아버지하고 같이 먹으려고."
그러면서 엄마는 거실 소파에 앉아 리모컨을 쥐었다.
영아에게 엄마를 눈으로 가리켜 보였다. 집안에 감도는 불안한 기운들이 우리의 얼굴에까지 드리웠다.
영아와 나는 서로 약속이라도 한 듯 아무 말 없이 밥을 먹었다.
저녁을 다 먹은 후 우리는 이상할 정도로 작아 보이는 엄마 옆에 앉아 같이 텔레비전을 보기 시작했다.
토요일 저녁에는 재미있는 예능, 오락 프로그램들이 방영된다. 엄마와 영아 그리고 나. 우리는 텔레비전 속의 연예인들을 보면서 큰 웃음을 터트리기 시작했다. 하지만 그 누구도 웃음 속에 담긴 씁쓸함의 정체에 대해선 말을 꺼내지 않았다.
여덟 시. 아홉 시. 열 시.
텔레비전을 보는 도중 자꾸만 시계에 눈이 갔다. 우리 모두가 그랬다. 다른 날도 아닌 토요일. 늦은 밤이 되도록 아버지는 귀가하시지 않았다.

아버지가 집에 오신 건 밤 열두 시가 다 된 때였다.

그때 나는 침대에 누워 저쪽 세상에서 가져온 비급을 보고 있었다.

집에 가까워지는 아버지의 기운을 감지하고 미리 거실로 나왔다.

문이 열리고 아버지가 들어오셨다. 다행히도 오늘 아버지는 술을 드시지 않았다.

"다녀오셨어요."

내가 인사를 하자, 아버지는 무표정한 얼굴로 고개를 끄덕이셨다.

"당신 왔어요?"

엄마도 안방에서 나와 아버지를 맞이했다. 엄마와 아버지는 모종의 눈빛을 교환하였다.

아버지가 고개를 저었고 엄마는 무거운 목소리로 아버지에게 물었다.

"저녁은요?"

"먹었지……."

엄마의 얼굴 속에서도 아버지의 얼굴 속에서도, 뭔가가 와르르 무너져 내리고 있었다.

내가 머뭇거리면서 서 있자 엄마가 '왜 안 들어가고 있어'

라는 얼굴로 나를 쳐다보았다.

하는 수 없이 나는 방으로 돌아와 먹먹해진 가슴으로 침대에 걸터앉았다.

아버지와 엄마가 안방으로 들어가는 소리가 들렸다. 그래서는 안 되는데 나는 귀를 기울였다.

약간의 내공을 순환하여 몸을 이완 상태로 만들면, 방 너머의 소리 정도는 들을 수 있을 정도로 귀가 밝아진다. 마치 볼륨이 단계적으로 올라가듯 안방의 소리가 또렷하게 들리기 시작했다.

"안 된대요?"

이건 엄마의 목소리다.

"틀렸어."

이건 아버지의 목소리다. 무엇이 안 되고 무엇이 틀렸다는 걸까?

"그 변호사가 그래요?"

"그렇다더군."

"무료상담이라고 아무렇게나 대답해 준 게 아닐까요? 그런 사람들 있잖아요."

"아니야. 세 시간이나 상담을 해주더군. 그 양반이 뭐라 한 줄 알아? 이런 일은 비일비재하다면서 통 밟은 셈 치라더군. 그런 말을 들으려고 몇 달이나 기다린 게 아닌데."

아버지의 목소리에서 억울함이 묻어나왔다.

258

"변호사라는 사람이 그렇게 말해요?"

"……"

"방법이 있을 거예요. 이건 말도 안 돼요. 계약서가 뭐예요. 이럴 때 필요해서 계약서가 있는 거잖아요. 당신이 계약한 곳에 송사를 걸어서……"

"우신 건설에? 부도가 난 회사에 말이야? 누누이 말했잖아. 우신 건설도 피해자라고."

아버지의 언성이 높아졌다.

"애들이 들어요, 여보."

"……"

"은행에서 자꾸만 전화가 와요. 이자를 몇 달 동안 못 냈으니까 당장 대출금을 상환하라고요. 이번 달도 고지서 처리하고 나면, 대출금은커녕 이자도 못내요. 그런데 진욱이하고 영아 용돈도 준 지 오래됐는데, 용돈 달라고 안 하네요."

"고등학생이면 머리가 다 컸잖아, 자."

몇 초가 흐른 후 어머니의 목소리가 들렸다.

"이게 웬 돈이에요?"

"변호사 만나기 전에 잠깐 일 뛰었어. 진욱이하고 영아 용돈 좀 줘. 애들 기죽이지 말자고."

"여보……"

"걱정 마. 정병훈이 아직 안 죽었어. 당신 남편 아직 안 죽었어. 무슨 일이 있어도 당신하고 내 새끼들 굶기지 않아! 아직 안 죽었다고. 아직 안 죽었어."

"……."

"내가! 당신 남편이! 어떻게든 해볼 테니까. 당신은 애들 좀 신경 써줘……."

마지막에 힘없이 흔들거리는 아버지의 목소리. 톡 하고 건드리면 한 줌의 재로 변해 사르르 내려앉을 것만 같은 그 목소리. 나는 그 소리를 들으며 쓰라린 가슴을 쥐어 잡았다.

그 무엇보다도 내 가슴을 아프게 만든 건 아버지가 무슨 일을 하고 있는지 모른다는 사실 그 자체였다.

왜 이제야 깨달은 걸까?

아버지가 막노동을 하신다는 것만 알지, 어디에서 일하고 계신지, 어떤 일을 하시는지 나는 아무것도 몰랐다.

아버지가 가족을 위해 돈을 벌어 오시는 걸 당연하게 생각했고, 정작 아버지의 직업에 대해서는 눈곱만큼의 관심도 가지지 않았다.

때가 되면 밥이 나왔고 옷이 나왔고, 심지어는 게임방비까지 내 손에 쥐어졌으니 말이다.

내 나이 십팔 세.

언제나 나는 다 컸다고 생각했지만, 지금 보면 한 살배기 아기들만도 못하다. 아기들은 재롱으로 부모님을 즐겁게 하기라도 하지.

'나는…….'

못난 아들이 되어 버렸다.
애들 기죽이지 말자는 아버지의 그 말 한마디가 자는 내내 계속 귓가를 맴돌았다.

"나 돈 있어."
그렇게 말하며 엄마가 주는 용돈을 받지 않았다. 사실은 가진 돈이 한 푼도 없지만 차마 받을 수가 없었다.
엄마가 억지로 쥐어준 이만 원을 다시 엄마의 앞치마 속에 집어넣었다. 그것을 빼내려는 엄마의 손짓을 막으며 나는 다시 한 번 괜찮다고 말했다.
"저번 달에 준 용돈 아직도 안 썼어?"
엄마는 믿지 않는 기색이었다.
"쓸 일이 있어야지. 학교 집 학교 집 이렇게만 왔다 갔다 하는데."
"흠……."
엄마가 나를 위아래로 훑어보았다.
"우리 아들은 여자 친구도 없나보지? 이렇게 엄마가 잘 낳아줬는데 말이야."
"없어, 그런 거."
저쪽 세상이라면 말이 달라지지만 현실에선 사실이다. 그러면서 다음번에 저쪽 세상으로 넘어갈 땐 카메라를 가져가 설아와 색목도왕의 사진을 찍어와야겠다는 생각이 들었다.

"그럼 이거 엄마가 쓴다? 후회 안 하지?"

엄마가 앞치마를 툭툭 치며 말했다.

나는 빙그레 웃으며 고개를 끄덕였다.

엄마는 어깨를 으쓱해 보인 후 청소기를 집어 들었다. 오래된 청소기가 시끄러운 소리를 내기 시작했다.

엄마가 청소기로 집을 청소하는 사이 나는 설거지를 하기로 했다.

내가 싱크대 물을 틀자, 거실에서 청소기의 소음이 사라졌다. 그 뒤로 엄마의 목소리가 들렸다.

"엄마가 할 거니까 아들은 방에 들어가셔요."

"내가 할께."

"아들이 하면 성에 안 차."

"그런 식이라면 평생 동안 못하겠다. 해봐야 늘지."

허락의 메시지로 엄마의 웃음소리가 들려왔다. 설거지를 하면서 거실의 청소기소리가 사라지길 기다렸다.

소리가 사라졌을 때 엄마를 불렀다.

"왜?"

"그러고 보니까 나는 아직도 아버지가 무슨 일을 하시는지 모르고 있었네. 아버지 어디서 일하셔?"

"네 아버지? 공사판에서 일하지."

엄마가 바로 대답했다. 나는 받아놓은 물을 뜨겁게 달구며 물었다.

"무슨 공사판?"
"여기저기. 갑자기 그런 걸 왜 묻는데."
"자식이 되가지고 그런 것도 모르고 있어서 어떡해. 아버지 공사판에서 무슨 일 하셔? 왜, 공사판에서도 여러 가지 일이 있잖아. 포클레인 모는 사람, 시멘트 바르는 사람."
"너희 아버지는 다 하셔."
"그런 게 어딨어."
"없긴 왜 없어. 너희 아버지 공사판 이십 년 외길 인생이시다. 못 하시는 거 없어."

엄마의 말 속에서 은근한 자부심이 느껴졌다.

어느새 옆으로 다가온 엄마가 싱크대 안을 흘깃 보더니 "앗!"하는 비명과 함께 내 팔을 강하게 잡아당겼다. 엄마는 내 팔을 이리저리 살펴본 후에 안도의 한숨을 내쉬었다.

"안 다쳤어?"

엄마가 물었다. 나는 그렇다고 대답하며 부글부글 끓고 있는 싱크대 안의 물을 바라보았다.

어머니들은 보통 끓는 물에 식기들을 소독한다. 그것을 내 방식대로 싱크대 물을 받아 십이양공을 이용하여 끓여두었는데, 엄마가 그것을 발견한 것이었다.

"왜 여기서 물이 끓고 있지?"

엄마가 허둥대며 차가운 물을 틀었다.

"이거? 내가 부었어."

나는 황급히 거짓말을 했다.
"언제?"
엄마가 내 손을 뚫어져라 보며 말했다.
"조금 전에. 그릇이랑 숟가락 좀 소독하려고."
그렇게 대답하자 엄마의 눈이 승냥이처럼 변했다. 엄마가 나를 째려보며 말했다.
"그러게 시키지도 않은 짓을. 어디 다시 손 줘봐."
"괜찮다니까."
나는 실실 웃으며 미지근해진 물속에서 식기들을 꺼냈고, 엄마는 내 손에서 식기들을 가로채다시피 가져가서 수납장에 넣기 시작했다.
"그런데 아버지 말이야. 지금은 무슨 일 하시는 거야? 포클레인 모셔?"
"아니. 현장 감독일 하시지. 너희 아버지 아래로 여섯 명이나 있는 거 아들은 모르지?"
"막일 하시는 거 아니었어?"
어릴 적 기억의 아버지는 언제나 작업복 차림이셨다. 작업복에는 정체를 알 수 없는 갈색 덩어리들과 흙먼지가 묻어 있었다.
반쯤 걷어 올린 소매 아래로 드러난 아버지의 팔은 그 무엇보다도 단단해 보였다. 그러한 기억들이 흑백사진처럼 머릿속 한편에 자리 잡고 있다.

"막일도 하시면서 현장 감독도 하시고. 말했잖아. 너희 아버지는 못하시는 게 없다고."

나는 잠시 생각하다 말했다.

"작업반장이신거야?"

공사장이 어떻게 돌아가는지는 몰라도 작업반장이라는 말은 알고 있었다. 인부들을 관리하고 감독하는 사람. 그 사람들을 바로 작업반장이라고 부른다.

엄마는 이런 말을 하는 내가 조금은 의외라는 표정을 지었다. 동시에 내게 엄마의 감탄하는 표정이 보이기도 했다. 엄마는 이 두 감정이 섞인 모호한 표정으로 고개를 끄덕였다.

'요즘 아버지가 하시는 일에 무슨 문제가 있는 거야?' 라고 물으려고 할 때 거실에서 전화벨이 울렸다.

조용히 전화를 받는 엄마의 얼굴이 점점 어두워졌다. 혹시 아버지에게 무슨 일이 생긴 건 아닐까하는 생각에 귀를 기울였다.

하지만 엄마의 오래된 친구 경숙이 아줌마에게서 온 전화였다. 통화를 마친 엄마는 일이 있다며 서둘러 준비하고 외출했다.

저녁까지 나는 혼자 있었다.

초여름의 저녁이 좋아 보여서 집 앞 편의점으로 향했다. 운동복 차림에 슬리퍼를 끌며 아파트 입구를 지나칠 때였다.

뒤에서 나를 부르는 소리가 들렸다.

우철이가 빠른 걸음으로 걸어오고 있었다. 정말 오랜만에 보는 거라서 반가운 마음이 들었다.
우철이는 여전했다. 눈에 띄게 큰 키로 건들거리며 다가왔다.
"후배님. 신수가 좋아 보이십니다. 누구는 일요일에도 학교 나가 공부만 해대는데 말이지요."
우철이가 내 어깨를 툭 치며 빙그레 웃었다.
"어떻게 지냈어? 공부는 잘 되냐?"
내가 물었다.
"뭔 소리야? 어떻게 지냈냐니. 만날 학교에서 보면서."
'아차!'
내가 어깨를 으쓱해 보이자 우철이가 이상한 사람 보듯 나를 보았다.
서둘러 말을 돌렸다.
"학교 끝난 거야?"
"언제까지 이래야 하는지, 원. 너도 이 선배님처럼 내년에 겪어보면 알거다. 박 터진다, 아주. 그땐 나는 대학교 들어가서 미팅도 하고 술도 마시고 있겠지만."
"열심히 해라. 나중에 재수한다고 부모님 속 썩이지 말고……. 속 썩이지 마라. 그럼 들어가라."
그렇게 말하며 등을 돌렸다.
등 뒤의 우철이에게 손 한 번 들어주고는 편의점으로 향했다.

　아버지가 힘들어 하시는 일이 정확히 무엇일까? 오늘은 일찍 들어오실까?

　그런 생각들을 하면서 몇 걸음 옮기는 순간, 갑자기 우철의 팔이 어깨를 감아왔다.

　"인마. 오랜만에 효자공원이나 안 가볼래? 나 삼학년되고 한 번도 못 가봤잖아."

　우철이가 턱으로 효자공원을 가리켰다.

　걸어서 오 분도 안 되는 거리에 있는 효자공원은 우리들의 추억이 많이 쌓인 곳이다.

　초등학교 때는 고구마 구워 먹는다고 불을 지폈다가 공원에 불을 낸 적도 있었고, 중학교 때는 혜성을 구경하겠다고 텐트를 치고 하룻밤을 지새운 적도 있었다.

　그 효자공원도 이번에는 마음에 내키지 않았다. 우철이에게 미안한 말이지만 혼자 있고 싶었다.

　"됐다. 하라는 공부는 안 하고. 어딜 쏘다니려고."

　내가 희미하게 웃으며 말했다.

　"마! 왜 그러냐? 무슨 일 있냐?"

　우철이가 내 얼굴을 빤히 보면서 말했다.

　"무슨 일 있고만."

　자기마음대로 결론을 내린 우철이는 기다리라는 말을 남긴 후 편의점에서 콜라 두 캔을 사가지고 돌아왔다.

나는 우철이의 손에 이끌려 할 수 없이 효자공원에 가게 되었다.

베드민턴 치는 아버지와 아들. 주인의 뒤를 쫓아 달려오는 코카스파니엘. 다이어트 파워 워킹을 하는 아줌마들. 훈훈한 광경들이 시선에 들어왔다.

입가에 약간의 미소가 그려졌다. 그것이 우철이 눈에는 쓰린 미소로 보였나 보다.

하긴 사실이 그랬으니까.

"뭔 일이냐?"

우철이가 등에 메고 있던 가방을 벤치 옆에 내려놓으며 말했다.

"무슨 일이 있겠냐."

"얼굴에 딱 써져 있고만. 인마, 네가 죽을상 할 게 뭐있어. 성적은 성적대로 오르고 있지. 여자 애들은 너만 보면 꺅꺅거리지. 양아치 새끼들은 찍소리도 못하지."

"어린놈. 네가 뭘 알겠냐."

"모르니까 말해 보라고."

친구끼리 하지 못할 말이 뭐가 있겠느냐마는 친구에게 알리고 싶지 않은 일도 있는 것이다.

그래서 나는 한참을 망설였다. 우철이가 기다리지 못하고 내 어깨를 세게 주먹으로 쳤다. 장난이라고 하기엔 힘이 실려 있었다.

우철이가 얼굴을 일그러트리며 말했다.
"너 공부는 안하고 헬스만 하냐? 무슨 팔이 이리 단단해?"
"우리 아버지 팔도 그랬었지."
입맛이 씁쓸했다.
"아. 너희 부모님은 잘 계시냐? 뵌 지도 오래됐는데. 너희 어머니가 해주시는 피자 먹고 싶다."
"잘 못 계시다. 인마."
장난으로 말했음에도 불구하고, 내 말에서 우철이는 약간의 눈치를 챈 것 같았다.
우철이가 짐짓 심각해진 얼굴을 하며 내게서 시선을 거뒀다. 그리고는 앞을 보며 말했다.
"집에 무슨 일 있는 거냐?"
우철이가 나를 걱정해 주고 있다는 느낌을 강하게 받았다.
"우리 집 길거리에 나앉게 생겼다."
"왜?"
"아버지 일이 잘못되신 모양이다. 우신 건설인가 뭔가 하고 계약을 하신 거 같은데 그 회사가 부도가 난 모양이야. 그래서 몇 달간 일을 못하고 있으신 것 같고, 은행에선 대출금 갚으라고 성화고."
"그래? 우리 어머니하고 아버지도 만날 돈 때문에 싸우시는데. 너희 집도 돈이 문제군. 다 돈이 문제인거여."
우철이가 한숨을 내쉬었다.

"그래서 오늘 집에 있으면서 생각 좀 해봤다."
"뭘?"
"돈 좀 벌어보려고. 노가다 같은 거 말이야. 아들이 다 컸는데 모르는 체 하고만 있을 수도 없고. 가진 건 이 몸뿐인데. 노가다라면 정말 잘 할 수 있을 것 같아. 앞으로 용돈이나 참고서 정도는 내 선에서 해결을 봐야지. 가뜩이나 부모님이 힘드신데 손 벌릴 수 없잖아."
"마! 노가다는 아무나 하냐? 네가 정말 부모님 생각하고 그런 거라면, 내가 네 부모님이라고 해보자. 그러면 나는 네가 노가다 해서 돈 벌어오는 걸 바라지 않아. 알게 되면 엄청 화낼 꺼다."
"나라고 그걸 모르겠냐? 학교 때려 치고 노가다만 하겠다는 게 아니야. 평일에는 학교공부 열심히 해서 부모님께 좋은 성적을 보여드리고, 주말에는 노가다를 뛰어서 집에 보탬이 되고자 한다는 거지. 그게 좋은 아들 아니냐."
"돈이 문제라면 은행을 털지 그래?"
"은행을?"
나는 그렇게 반문한 후에 입을 다물었다.
은행을 털 자신은 충분히 있다. 은행원들을 위협할 총이나, 도주할 때 쓰일 차 같은 게 없더라도 나는 가능하다.
잠깐의 침묵이 우리들을 스치고 지나갔다.
"그건 범죄잖아, 인마."

내가 웃으며 어깨로 우철이를 툭 밀었다. 우철이도 나를 보며 피식 웃었다.
"솔직히 말해 봐?"
우철이의 목소리가 무겁게 내려앉았다.
나는 고개를 끄덕였다.
"노가다든 뭐든 네가 하고 싶은 대로 해. 단 조건이 있어. 곧 죽어도 성적이야. 가뜩이나 너는 가출도 했고 유급까지 됐어. 다행히 성적이 오르고 있긴 하지만 여기서 네가 집 생각한다고 공부는 뒷전으로 미뤄두고 돈을 많이 벌어 와서 부모님에게 안겨 준다 한들, 부모님이 그걸 좋아할까?"
어디선가 찾아온 정적이 우리 주위를 감쌌다. 우철이가 내 얼굴을 살피며 말을 이었다.
"전혀 아니야. 우린 학생이고 성적이 최우선이니까. 성적을 유지할 자신이 있다면, 아니 성적을 지금보다 더 올릴 자신이 있다면 노가다든 뭐든 해. 그럴 자신이 없으면 닥치고 공부하고. 그게 부모님을 위한거야. 어때? 자신 있냐?"
우철이의 눈동자가 내 얼굴을 뚫어져라 바라보고 있다.
굳이 대답 따위는 필요 없었다. 우철이가 한 말은 하루 종일 집에 있으면서 고민하고 또 고민하면서 내가 내린 결론과 같았다.
"그걸 말이라고 하냐?"
내가 쏘아 붙이자, 우철이는 빙그레 웃으며 물었다.

"너 노가다는 어디서 뛰어야 하는지는 아냐?"

우철이가 물었다.

"모르지."

"우리 큰외삼촌이 서부시장에 있는 인력사무소에서 일하시거든. 내가 말해 놓을게."

"고맙다."

우리는 건배하듯이 서로의 콜라 캔을 맞부딪쳤다.

이제 보니 오늘 저녁은 덥지도 춥지도 않았다. 선선한 바람마저 부는 기분 좋은 날씨였다.

*　　　*　　　*

이튿날 학교는 또다시 내 이야기로 술렁거리고 있었다. 우리 반 아이들 모두가 토요일에 있었던 일을 알고 있었다. 나와 눈이 마주친 동환이는 쑥스러운 기색으로 웃어 보였다.

동환이가 늘어놓은 내 무용담이 여기저기서 들렸다. 학업으로 바쁜 아이들에게 내 이야기는 이상할 정도의 활력을 가져다주었다.

그런 소리도 들렸다. 정말 영화 같은 이야기라고. 나는 그 말에 공감한다. 지금의 내 현실은 영화보다 더욱 영화 같으니까.

"그럼 다 잘 된 거지?"

아침부터 나를 찾아온 유기준이 잔뜩 주눅이 든 기색으로 내 눈치를 살폈다. 눈 밑에 다크서클이 내리깔린 걸 보면 지난밤 잠을 잘 못 이룬 모양이다.

"vip라고 하던가?"

"응?"

"너희 서클 이름말이야. 전주 일진 연합인가 뭐시기. 토요일에 본 그놈도 그거지?"

유기준이 자신 없는 표정으로 고개를 끄덕였다.

그럴 줄 알았다.

"조심들 해라. 지켜보고 있을 테니까. 다음에 또 이런 일이 생기면 모두 쭈대 운동장에 집합하게 될 거야."

이렇게 말을 하면 반발심에 복수라도 생각하게 될 텐데, 유기준과 다른 일진 아이들에게선 그런 낌새가 조금도 보이지 않았다. 그날 보여준 내 실력이 상식을 넘어선 것이긴 했다.

'철 좀 들어라.' 라고 내뱉으려던 말을 다시 되삼켰다. 똥 묻은 개가 겨 묻은 개를 나무란다는 속담이 떠올랐기 때문이었다.

"가 봐."

유기준에게서 시선을 거두고 펜을 집어 들었다. 그리고는 수학 문제집을 펼쳤다.

평일에는 공부다. 공부.

　　　　　＊　　　＊　　　＊

온몸에 기력이 넘쳐흘렀다.

무공을 익힌 이후로 아침식사는 빠트려도 운기조식은 빠트리지 않는다. 적은 수면시간을 비웃기라도 하듯, 시야는 또렷하고 몸은 상쾌하다.

눈곱만 한 흠도 잡을 수 없을 정도로 완벽한 건강.

주위를 감도는 기운이 하루의 시작을 기분 좋게 알린다.

책상 위를 정돈했다. 수학 문제집과 연습장은 책꽂이에 꽂아두고, 샤프는 연필통에, 지우개 가루들은 손으로 훔쳐 쓰레기통에 버렸다. 어제 늦은 밤까지 공부한 흔적들이다.

이불을 갠 후에 활동하기 편한 운동복으로 갈아입었다. 거실 식탁 위에는 어제 저녁 엄마가 말했던 대로 도시락이 올려져 있었다.

엄마는 내가 일요일 이른 아침부터 시립도서관으로 공부하러 가는 줄 알고 있다.

안방에 고개를 숙인 다음 집 밖으로 나왔다. 시원한 새벽공기가 폐 속으로 스미어 들어왔다. 역시 새벽에는 사람이 없다. 그 말은 보는 눈이 없다는 말과 같았다.

복도 난간에 올라 위로 솟구쳤다.

아파트 옥상 위에 도착하자마자 다시 몸을 튕겼다. 눈에 들어오는 아파트 순으로 건너뛰기 시작했다.

타탓!

서부시장은 평범하게 걸어서는 이십 분 정도 걸리는 거리다.

하지만 일 분이 지났을 무렵 나는 서부시장에 도착해 있었다. 머리에 보따리를 이고 오는 할머니들이 보이기 시작하면서부터는 발에 내공을 싣지 않았다.

인력사무소는 찾기 쉬웠다.

진욱이가 가는 길을 알려주었기 때문이기도 하지만, 이른 새벽부터 인력사무소를 찾은 아저씨들이 줄을 만들며 거리에 서 있는 게 보였기 때문이다.

기름이나 먼지가 묻은 작업복 차림. 햇볕에 그을린 구릿빛 피부. 목으로 보이는 시퍼런 핏줄. 아마도 본래의 나이보다 더 들어 보이는 얼굴들. 그 사람들에게서 아버지와 같은 냄새가 났다.

아저씨들은 약간의 동정이 섞인 눈길로 나를 쳐다보았다. 나는 아저씨들의 틈을 비집고 들어가서, 우철이 삼촌으로 보이는 분을 찾아갔다.

우철이가 이미 말을 해두었기에 그분은 나를 반갑게 맞이했다.

"요즘 애들은 부모한테 떼쓰기만 할 줄 알지. 부모님이 지들 밥 먹이고 입히느라 어떻게 고생하는지도 모르고 말이야. 보채기나 하고. 우리 아들내미도 그래. 진욱이를 보고 배워야 하는데 말이지."

우철이 삼촌은 말을 하며 나를 위아래로 훑어보았다. 그분의 입가에 흡족한 미소가 걸렸다.

"부실하지는 않구만. 건장하고. 힘 좀 쓸 수 있겠어."

"예."

우철이 삼촌이 좌우로 눈동자를 굴리더니, 나만 들을 수 있게 작은 목소리로 말했다.

"잡부 일당이 칠만 원인데. 원래는 소개비로 만원 떼어가거든? 받지 않을 테니까 열심히 잘해 봐."

"감사합니다."

나는 고개를 꾸벅였다. 우철이 삼촌은 장 씨라는 아저씨에게 나를 소개했다.

장 씨 아저씨 곁에는 나보다 먼저 온 아저씨들이 뿜는 담배 연기로 자욱했다.

장 씨 아저씨는 나를 슬쩍 보면서 물었다.

"몇 살이냐?"

장 씨 아저씨의 어깨 너머로 나를 바라보는 다른 아저씨들의 얼굴들이 보였다. 호기심이 가득어린 표정들이었다.

"열여덟입니다."

"고등학교 다니냐?"

"예."

"공부는 안 하고 막일은 왜 하려는겨? 해본 적은 있냐?"

"없습니다. 하지만 잘할 자신 있습니다."

"의욕만 앞선다고 되는 게 아녀. 괜히 몸만 배리니께 돈이 그리 궁한 게 아니믄 돌아갔으면 좋겄는디."

장 씨 아저씨가 한숨을 내쉬었다. 그리고는 중얼거리듯 말했다.

"새벽녘부터 이게 뭔 지랄인지 모르겄네. 내가 신뻥 데리고 일해야 할 군번이여? 그려? 안 그려?"

장 씨 아저씨의 얼굴에 짜증이 한가득이다. 주위에 있던 다른 아저씨들이 낄낄거리며 나를 위아래로 훑어보았다.

뒤에서 굵은 목소리가 들렸다.

"그렇지. 그나마 이놈 몸이 실한 걸 위안삼으라고."

"위안은 개뿔. 신뻥 데리고 가면 욕은 내가 다 먹는다고. 소장은 왜 딸랭이를 붙여줘도 꼭 이런 걸 붙여준디야."

장 씨 아저씨는 호주머니 속에서 담배와 라이터를 꺼내 담배를 피워 물었다.

계속 말을 이었다.

"가믄 요령 피우지 말고 잘해야 한다. 알재? 어린놈들은 꼭 요령 피우려고 해서 문제니께. 내가 다 지켜볼꺼여."

장 씨 아저씨가 말을 할 때마다 담배 연기가 새어나왔다. 콧속으로 스미어 들어오는 담배 냄새가 불쾌했지만 나는 겉으로 드러내지 않고 담담하게 대답했다.

"잘해 보겠습니다."

그런 다음 다시 한 번 장 씨 아저씨와 주변에 모여 있는 다른 아저씨들에게 고개 숙여 인사했다.

아저씨들 틈에 끼어 오 분 정도 서성거리고 있자 트럭 한 대가 왔다.

다른 아저씨들은 장 씨 아저씨가 말하지 않아도 알아서들 트럭 뒤에 올라타기 시작했다. 나도 그 대열에 합류했다.

트럭이 익숙한 길을 달렸다.

지나가는 길에 우리 집도 보였고 학교도 보였다. 그래서 입가에 미소가 그려졌다. 트럭은 백제로를 지나 서부 도로를 돌아서, 한창 개발 바람이 불고 있는 쭈대 근방으로 향하고 있었다.

아파트 공사 현장에 도착했다. 학교를 오고가면서 몇 번 본 적이 있는 곳이었다.

외관이 제법 완성이 되어 있는 이십 층 높이의 아파트 건물들이 시선에 들어왔다.

[신축공사 재추진. (주)삼오건설]이라는 현수막을 지나쳐 현장 안으로 들어갔다.

일과를 준비하는 공사장 아저씨들이 분주하게 움직이고 있었고, 철골과 시멘트 같은 건축자재들을 실은 트럭들이 우리와 함께 도착하기 시작했다.

잠시 뒤 모두 넓은 부지에 집결했다. 인부들의 수는 못해도 일백 명이 넘었다. 조잡하게 만들어진 나무 단상 위로 양복을 입은 남성이 올라섰다.
"우여곡절이 많았던 것은 아는데, 과거는 다 잊어두고! 완공이 이제 코앞이지 않습니까. 자! 오늘도 제대로들 해봅시다. 안전공사!"
"안전공사!"
나도 인부들과 함께 우렁차게 외쳤다.
"안전공사는 개뿔. 씨발놈의 안전공사."
뒤에서 장 씨 아저씨의 작은 목소리가 들렸다. 적의가 서려 있어서 나는 내심 당황했다.
같이 온 아저씨들과 함께 장 씨 아저씨의 뒤를 따랐다. 시멘트 포대를 가득 실은 트럭 앞에서 걸음을 멈췄다.
장 씨 아저씨가 내게 손짓했다.
"저 아저씨들 하는 거 보이지?"
다른 아저씨들은 트럭에서 시멘트 포대를 내리고 있었다. 나는 고개를 한 번 끄덕였다.
"예."
"오늘 저걸 옮겨야 하거든. 여기저기."
장 씨 아저씨가 공사 중인 아파트 건물들을 가리키며 말했다.
"저게 저래 뵈도 무겁다. 한 포대당 사십 킬로그램씩이란 말여. 공사 중에 다치믄 알짤 없는 거 알지? 긍게 다치지 않게 조심하라는 말이여. 그렇다고 요령 피우라는 말은 아니고."

가만히 듣고 있노라니, 나를 걱정해 주는 느낌을 받았다. 첫인상과는 달리 나쁜 사람만은 아닌 것 같았다.

나는 그렇게 하겠다고 대답한 후에 다른 아저씨들의 무리 속에 합류했다.

트럭 위에 올라가 있는 사람이 땅에 시멘트 포대를 내려놓고, 차 밑에 있는 사람은 시멘트 포대를 각 공사 현장으로 전달해야 한다.

아저씨들이 한 번에 한 포대씩을 옮기고 있었다. 포대를 허리 뒤로 올려서 양손으로 받치고 옮기거나, 어깨에 들쳐 메는 식이었다.

나도 포대 하나를 안아들었다. 내공 없이 순수한 근력만으로 들어올리기에는 꽤 무거웠다.

"그려. 그렇게 혀. 그래도 힘 좀 쓰는구먼. 요즘 어린 것들은 몸만 크지 비실비실한데 말이여."

장 씨 아저씨 목소리였다.

"어디로 옮기죠?"

"따라와."

장 씨 아저씨도 시멘트 포대 하나를 어깨에 들쳐 멨다. 나는 장 씨 아저씨의 뒤를 따라가며 약간의 내력을 일으켰다.

십이양공의 따뜻한 기운이 체내 곳곳으로 뻗어 나갔다. 그러자 허리를 짓누르던 무게감이 일순간 사라졌다.

그 뒤부터는 포대를 옮기면서 주위를 구경할 정도로 여유가 생겼다.

 시멘트를 안고 십 층 계단을 올랐다. 높이가 높이이니 만큼, 넓은 공사 현장이 한눈에 들어왔다.

 드릴소리와 망치소리. 그 속에 간간히 작업반장들, 즉 우리 아버지와 같은 십장들의 큰 외침이 들려왔다.

 크기가 각기 다른 포클레인과 기중기들이 그네들만의 질서로 움직이고, 한가득 골재를 실은 트럭들이 먼지를 일으키며 오간다.

 아파트 공사 현장에 도착하면서부터 머릿속에 떠나지 않는 사람이 있었다.

 바로 우리 아버지. 나는 그동안 아버지가 가족을 위해 일해 오신 세월 속에 있었다.

 "야, 인마!"

 갑자기 장 씨 아저씨가 휙 나를 돌아보며 외쳤다.

 "작업 중에 딴 생각하지 말라고! 그러다 골로 간 사람이 한둘인 줄 알아? 떨어져 뒤지고 싶어?"

 장 씨 아저씨가 불같이 화를 냈다.

 "죄송합니다."

 "닥치고 옮기기나 해. 정신 똑바로 차리고!"

 "예."

 아저씨의 불호령을 들은 후부터는 착실하게 포대를 옮겼다. 트럭이 끊임없이 들어와 시멘트 포대를 놓고 갔다. 그래서 시멘트 포대 더미는 좀처럼 줄어들지 않았다.
 옮기던 분량을 한 개에서 두 개로 늘렸다. 사실 내가 원하는 만큼 제한 없이 옮길 수 있었지만 말이다.
 "저놈 봐라! 포대를 두 개씩 든다!"
 여기저기서 놀란 목소리들이 들렸다.

 한참을 옮겼다.
 내가 포대를 몇 번 옮기다가 그만둘 줄 알았던 모양인지, 나를 보는 아저씨들의 시선이 점점 변해갔다. 말하자면 어라? 어어? 이야! 이런 순이다.
 처음부터 끝까지 짜증 가득한 얼굴로 나를 지켜보고 있던 아저씨가 또다시 다가왔다.
 장 씨 아저씨다.
 "야 인마. 네가 변강쇠여 뭐여? 그렇게 옮기다 골병든다고 했어, 안 했어? 요령 피우지 말랬다고 지금 이게 뭐하는 겨. 반항하는 겨? 뭐여?"
 "예?"
 장 씨 아저씨는 내 양손에 들린 시멘트 포대에 시선을 두면서 말을 계속했다.
 "허리 병신되고 싶냐? 적당히 하라고, 인마."
 장 씨 아저씨가 내 뒤통수를 툭 하고 가볍게 때렸다. 그런데 기분은 나쁘지 않았다.

장 씨 아저씨는 재미있는 분이다. 이제는 장 씨 아저씨의 본심을 알 것 같았다.

짜증으로 찌푸려진 얼굴을 하고 있으면서도 속마음은 그렇지가 않다.

쌀쌀맞은 어투 속에 감춰진 따뜻함이란 이런 걸 두고 하는 말일 것이다.

"뭐가 좋다고 웃냐?"

"전 정말 괜찮습니다. 보세요. 땀 한 방울 흘리기라도 하나요? 하나도 안 힘들어요."

"개뿔."

"정말입니다. 보세요."

들고 있던 시멘트 포대를 위아래로 반복해서 움직여 보였다. 장 씨 아저씨가 의심스러운 눈으로 내 동작을 지켜보면서 입술을 실룩였다.

그때 호루라기소리가 들렸다.

"내려 놔라. 밥 먹고 하자."

"예."

우리는 공사장 인근의 한 식당으로 향했다. 같이 작업했던 아저씨들과 부대찌개 두개를 시켜놓고 점심을 같이했다. 아저씨들이 밥을 먹으며 내게 많은 관심을 보였다.

"이름이 뭐야?"

"일 잘하대. 난놈이여 난놈."

"두 포대씩 옮기는 놈은 간혹 봤는데 말이여. 그걸 오전 내내 하는 놈도 다 있구먼?"
"힘이 아주 장사야. 어디 살어?"
아저씨들의 질문공세에 밥을 먹기가 힘들 지경이었다. 하나하나 대답해 주고 있는데, 장 씨 아저씨는 이런 내가 안쓰러웠는지 말 몇 마디로 상황을 종결지었다.
"밥을 어디로 처먹으라는 겨. 애 밥 좀 먹게 놔둬."
밥을 다 먹은 다음 삼십 분쯤 시간이 남았다.
그늘에 앉아 천변을 달리는 자동차들을 멍하니 바라고 있었다. 장 씨 아저씨가 다가왔다. 문득 담배 한 개비를 내밀었다.
"못 핍니다."
"안 피는 게 아니고? 네 나이 때 나는 아주 골초였는디. 지금은 많이 줄어든 거여."
내게 건네려 했던 담배를 자신이 물어 불을 붙였다.
"학교는 어디 댕겨?"
"전일고등학교 다녀요."
"좋은 데 다니는데, 왜 이런 일을 하는 거냐?"
"용돈쯤은 제가 직접 벌어 쓰려고요."
"여자 친구는 있고?"
"없죠."
나는 빙그레 웃었다.
"있게 생겼는디……. 아무튼 오전에 내가 화를 많이 낸 것 같아서 말이다."

"괜찮아요."

"현장에선 조심 또 조심해야 하는 거여. 그냥 용돈 벌이하려고 한 일 때문에 평생 용변도 혼자 못 누는 수가 생길 수도 있으니까. 가뜩이나 현장 분위기도 흉흉한디."

장 씨 아저씨가 담배 연기를 뿜어내면서 말을 계속했다.

"너같이 무식하게 일하는 놈은 처음이라 뭐라 말해야 하는지 모르겠다. 그러다 진짜 골병든다, 골병. 젊은 게 좋은 거라지만."

"예. 고맙습니다. 그래도 일당 받는 몫은 해야죠. 민폐 안 끼칠게요."

"그랴."

검은색 세단이 우리 앞을 스치고 지나갔다. 세단은 현장 중심부에 멈춰 섰다.

문이 열리면서 양복 입은 남성이 차에서 내렸다. 아침에 작업 시작을 알렸던 그 사람이었다.

모두가 작업복 차림인 공사 현장에 검은색 양복을 입고 세단을 몰고 나타나다니, 꽤 눈에 띄는 모습이다.

그 주위에서 쉬고 있던 인부들이 황급히 자리에서 일어나 고개를 숙였다. 인부들이 슬금슬금 자리를 피하는 모습에서 어쩐지 위화감이 들었다.

"저 사람?"

장 씨 아저씨가 아직 다 피지 않은 담배를 신경질적으로 버린 후에 발로 밟으며 일어났다.

"건달이여."

"오늘도 모두 수고하셨습니다!"

양복 입은 중년 남성의 말과 함께 모든 작업이 끝났다. 멀찌감치 서서 나는 그 사람을 호기심어린 눈으로 바라보았다.

'건달이라.'

오늘 장 씨 아저씨가 재미있는 이야기를 들려주었다. 전주 조폭의 계보에 대해서다.

"건달들. 그래. 조폭 이름은 말이여. 자기들이 붙이는 게 아니여. 우리는 이제부터 무슨 무슨 파다 하고 만드는 게 아니란 거여. 경찰들이 붙이는 거지."

"그래요?"

"활동지역에 따라 이름을 붙이는 거여. 오거리에서 활동하면 오거리파, 시내 빌딩들이 모인 곳이면 거긴 타워파. 월드컵 나이트에서 활동하니까 월드컵파. 그런 식인 거지."

친구들과 조폭에 대해 이야기를 할 때면, 어김없이 나오는 게 바로 오거리파, 월드컵파, 타워파다. 우리들은 믿거나 말거나 식의 이야기를 하곤 했다.

조폭들은 영화에서는 빈번하게 보이지만, 지금껏 살면서 그러한 사람들을 한 번도 본 적이 없었다. 그래서 실제로 존재하는지도 의문이었고 뉴스나 인터넷에서 조폭에 대한 이야기가 나올 때면 마치 다른 세상 이야기를 듣고 있는 것 같기도 했다.

그런 점에서 장 씨 아저씨의 이야기도 마찬가지였다.

"조폭이란 게 실제로 있긴 있나 봐요?"

장 씨 아저씨가 소리 죽여 말했다.

"있지, 왜 없겠어. 근디 저것들은 쓰레기들이여. 너희들에겐 좀 있어 보일지도 모르지만."

아침부터 느낀 것이지만 장 씨 아저씨는 정장 입은 남자에게 악감정이 있었다.

"양아치들이나 그러겠죠. 그러면 저 사람은 무슨 파죠?"

"로마파."

"로마파요?"

"로마 나이트 몰라?"

양아치들이 나이 속이고 갔다 왔다고 자랑하는, 바로 그 나이트다.

"천변 넘어서 쭉 가다 보믄 있어. 하여튼 기다려라. 딸랭이값 받아와야겄다."

굳이 묻지 않아도 딸랭이값이란 게 일당이란 걸 알 수 있었다.

장 씨 아저씨는 건달이라는 남자에게 향했다. 장 씨 아저씨까지 합쳐서 열 명 정도가 남자에게 흰 봉투를 받아 각각 흩어졌다. 나는 같이 온 아저씨와 함께 장 씨 아저씨를 기다렸다.

장 씨 아저씨의 손에 들린 흰 봉투는 꽤 두툼했다. 생각했던 대로 흰 봉투 속에서 만원 권 지폐가 나왔다. 장 씨 아저씨가 집게손가락에 침을 묻혀 돈을 센 다음, 한 명씩 일당을 나눠주었다.

나는 제일 마지막이었다.

"내 보았을 때 너는 노가다에 타고난 놈이다. 그냥 학교 때려 치고 나랑 같이 현장이나 다니자."

우스갯소리를 할 정도로 우리는 오늘 많이 친해졌다. 일당 칠만 원을 받아 주머니에 집어넣었다.

"또 올 거냐?"

"다음 주는 놀토니까, 토욜일에 올 게요. 그때도 잘 부탁드립니다. 아저씨."

"오늘 봉게 아프지 않을 것 같다만. 그래도 혹시 모르니까 파스 좀 붙이고 자라. 그리고 다음에 올 때는 소장한테 말해 둘 테니까. 딸랭이값 좀 오를 꺼여."

"예?"

"일당 오를 거라고. 오늘 혼자서 몇 사람 분을 해 버려잖냐. 그때도 오늘 같이 할 수 있다면 십만 원까지 말해줄 수 있다. 어때 이래도 같이 현장 안 다닐래?"

"저 공부해야 해요. 생각해 주셔서 정말 감사합니다."

나는 빙그레 웃어 보인 다음 정중하게 고개를 숙였다.

공사장을 나서는 발걸음이 무척 가벼웠다. 지금 내키는 대로라면 있는 힘껏 땅을 박차고 올라, 도로 위를 질주하고 싶었다.

'참아야겠지.'

집까지 걸어가기로 했다. 천변을 따라서 걷다 보면 보통 걸음으로도 삼십 분 안에는 도착할 수 있다. 집으로 돌아오는 길에 나는 곰곰이 생각했다.

한 달에 놀토가 두 번 들었다. 그러니까 노가다를 뛸 수 있는 날이 여섯 번이다. 장 씨 아저씨가 잘 말해준다고 했으니 앞으로 일당을 십만 원을 받을 수 있다.

곧 노가다를 뛰어서 한 달에 육십만 원을 만들 수 있는 것이다. 여기에 새벽에 잠깐 시간을 내어 신문 이백부만 돌려도 사십만 원. 총 합이 백만 원이다!

'학교를 다니면서도 한 달에 백만 원을 벌 수 있어!'

백만 원이면 매우 큰돈이다.

내 용돈을 하고도 집에 큰 보탬이 될 수 있을 거란 생각에 가슴이 두근거렸다.

제9장
현장에서

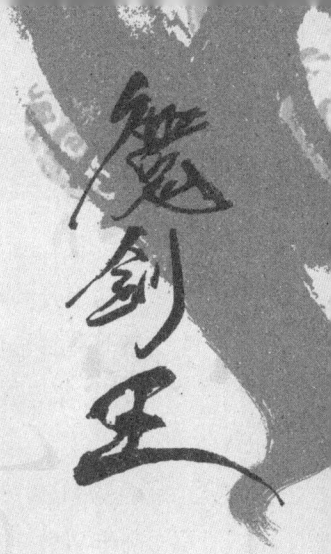

"조폭은 무슨 조폭. 그런 건 다 영화에서나 있는 거야."

점심시간에 노가다 뛴 이야기를 하고 있을 때, 기영이가 아는 체 했다.

"와하핫!"

나는 대놓고 웃음을 터트렸다. 웃음소리가 쩌렁쩌렁하게 울려서 급식실 안의 아이들이 나를 쳐다보았다.

그중에 나와 눈이 마주친 유기준과 그 무리들이 황망히 시선을 피했다.

"뭐가 웃긴데?"

"아, 아무것도 아니야. 크큭."

"뭐가 웃기냐니까?"

"진짜 아무것도 아니다. 다른 게 생각나서 그래."

기영이가 기분 나빠진 얼굴로 나를 째려보았다.

조폭이 영화에서나 있는 이야기라는 기영이에게, 저쪽 세상을 오가며 무공을 익힌 내 이야기는 어떤 식으로 받아들여질까?

나는 꼬리 밟힌 강아지처럼 크게 놀라는 기영이의 얼굴을 상상해 보았다.

"마! 아무튼 다행이다. 한 달에 백만 원이나 벌 수 있다니. 그런데 그렇게 하다간 몸이 열 개라도 모자라겠다."

"괜찮아."

"괜찮긴 뭐가 괜찮냐. 네 성적은 내가 두고 볼 거다. 성적 떨어지기만 해봐라."

"걱정도 팔자다. 내 성적 보고 놀라지나 마라. 이번에 반에서 일등 할 것 같으니까."

내가 말하자, 이번에는 기영이가 웃음을 터트렸다.

기영이는 얼굴까지 빨개져서 웃음을 멈추지 못했다. 순간 후식으로 나온 수박을 기영이 입에 쳐 넣고 싶은 충동이 들었다.

곧 있을 중간고사에 반에서 일등 할 것 같다. 이건 진심이다. 운기행공을 하고 난 다음에 생기는 집중력은 형용할 수 없을 만큼 대단하다.

이번 시험을 앞두고 기분 좋은 예감이 든다.

"어라? 진심인가 본데?"

우철이가 나를 빤히 보며 말했다. 나는 씩 하고 웃는 것으로 대답을 대신했다.

시간은 빠르게 지나갔다.

새벽에 한 시간씩 신문을 돌리기 시작했고, 학교에서는 공부를, 그리고 집으로 돌아와서도 공부를 했다. 일상 중에 한 번씩 미친 듯이 무공을 수련하고 싶어질 때가 있었는데, 그럴 때면 모악산에 올랐다.

그렇게 틈틈이 운기행공을 하여 몸의 피로를 씻어내고, 더불어 내공 수련의 효과도 얻었다.

천력마도의 수행에도 조금의 성취가 있었다. 쉬는 시간에 컴퓨터 게임을 하는 대신 비급을 봐 왔기 때문이다.

현실 속에 스며든 비현실적인 일상에 이제는 너무도 익숙해졌다.

* * *

토요일 이른 새벽 나는 예정된 발걸음을 하였다. 서부시장 인력사무소 앞. 전에 같이 일했던 아저씨들이 눈 인사를 받아 주었다.

반가운 얼굴인 장 씨 아저씨도 있었다. 장 씨 아저씨가 나를 보고는 씩 웃었다.

'잘 왔다. 기다리고 있었다.'

그런 의미가 담긴 웃음이었다. 인력사무소 안은 아침부터 담배 연기로 자욱했다.

"어때? 일은 할 만했나 보군. 얼마나 일을 잘하면, 그 장 씨가 혀를 내두를 정도인 거야? 오늘도 장 씨 따라가면 된다. 다치지 말고 조심해라."

우철이 삼촌이 나를 대견스럽다는 듯이 바라보며 말했다. 감사의 인사를 한 후에 인력사무소에서 나와 장 씨 아저씨 일행에 합류했다. 저번 주에 못 보던 아저씨도 두 명 있었다.

우리는 저번과 같이 트럭을 타고 이동했다.

"고생 좀 했지?"

장 씨 아저씨가 '근육통 때문에' 라는 말을 생략하고 물어왔다.

"괜찮았어요."

"이놈 좀 보게. 입에 침이라도 발라라."

다른 아저씨가 대화에 끼어들었다.

"아니야. 힘이 아주 장사던데 뭘. 타고난 놈이니까 안 아팠을 수도 있는 거지."

그 아저씨의 말에 또 다른 아저씨가 누런 이빨을 드러내며 웃었다.

"얼마나 힘이 좋길래?"

처음 본 아저씨가 말했다.

"혼자서 시멘트 포대를 두 개씩 옮긴다니까. 그것도 하루 죙일!"

"에이."

들려온 대답에 질문한 아저씨가 손사래를 쳤다.

"정말이냐?"

아저씨가 물었다.

나는 대답 없이 빙그레 웃었다.

현장은 차를 타고 십 분 거리였다. 트럭이 텅텅 빈 도로를 시원하게 가로질렀다. 화물칸에 앉아 있는 우리 옆으로 바람이 빠르게 스치고 지나갔다.

지난 일주일간 현장에는 눈에 띈 진척이 있었다.

장 씨 아저씨가 우리를 현장 구석으로 이끌었다. 멀리서부터 산처럼 쌓인 건축폐기물들이 보였다.

그것이 내게 손짓을 했고, 나는 오늘 무엇을 해야 할지 직감했다.

쓰고 남거나, 못 쓰게 된 목재, 콘크리트, 합성수지, 철근, 벽돌 같은 것들이 아무렇게나 버려져 있었다. 오늘의 일거리는 바로 이것들이었다.

'이걸 옮겨야 하는 거지요?' 라고 눈으로 묻자, 장 씨 아저씨가 고개를 끄덕였다.

저번 주와 마찬가지로 크게 구호를 외친 후에 본격적인 작업을 시작했다.

일성에 못 미치는 내력을 끌어 올렸다.

"후우."

기분 좋은 숨결이 콧구멍에서 흘러나와 입술을 훑고 지나갔다. 앞서 일을 시작한 아저씨들이 노란색 카트에 건축폐기물들을 담기 시작했다. 나도 돌처럼 굳은 콘크리트를 끌어안았다.

"어어!"

아저씨들이 놀란 눈으로 나를 바라보았다.

'괜찮다구요.'

콘크리트를 가뿐하게 들어 카트에 올려놓았다. 그러자 카트가 무게를 이기지 못하고 앞으로 뒤집어졌다.

"저, 정말이구만?"

오늘 아침에 처음 보았던 아저씨가 휘둥그레진 눈으로 말했다.

'이 정돈 아무것도 아니라고요.'

나는 쓰러진 카트를 바로 세운 다음 굳은 콘크리트를 안아 직접 트럭까지 옮겼다.

다른 곳에서 온 아저씨들이 그 모습을 보고 휘파람을 불고 박수를 쳤다.

점심을 먹은 후였다.

한참을 일하고 있는데, 장 씨 아저씨가 땀을 닦으며 물었다.

"넌 땀도 안 나냐?"

마땅히 할 말이 없어 묵묵히 고개를 끄덕였다.

"쉬엄쉬엄해라. 그런 식으로 하다간 못 버텨 낸다. 앞으로 꾸준히 할 거라면서. 젊은 혈기가 남아돌아서 몸을 혹사하면, 나중에 나이 들어서 다 돌아온다. 지금은 백날 이야기 해봤자 귀에 안 들어오지?"

장 씨 아저씨는 계속해서 땀을 닦았다. 목에 걸친 수건은 장 씨 아저씨의 땀으로 흠뻑 젖어 있었다.

일을 계속했다.

노가다란 게 참으로 반복적인 작업이다. 옮기고 또 옮기고. 멀리서 움직이고 있는 중장비 기계들과 다를 바 없었다. 그러다 보면 머릿속이 텅 빈다.

아무런 생각도 들지 않고, 어느새 또 다른 건축폐기물을 옮기고 있는 나를 보게 된다.

아저씨들은 땀을 비 오듯 흘리며 힘들어하다가도, 한 시간에 한 번 꼴로 담배를 무는 쉬는 시간에는 얼굴에 생기가 돌았다.

그 모습에서 아버지가 떠올랐다.

저렇게 아버지는 이십여 년 동안 일을 해오셨다.

철골을 한 아름 들고 트럭에 던져놓을 때였다.

현장 입구 쪽이 소란스러웠다.

이십 명쯤 되는 한 무리의 사람들이 현장 안으로 들어오고 있었다.

  그들은 모두 작업복 차림으로, 가장 앞장 선 사람들이 긴 현수막을 들고 있었다.

  [악덕 업주 물러나라! 생존권 보장하라!]

  멀리서 봐도 또렷이 보일 정도로 시뻘건 색에 큰 글씨체였다.

  직접 손으로 썼는지, 글씨에서 흘러내리는 페인트 흔적이 꼭 사람의 피를 연상시켰다.

  '뭐지?'

  주변의 공기가 달라졌다. 현장에서 일하고 있는 사람들도 하던 일을 멈추고 웅성거리기 시작했다. 마침 장 씨 아저씨가 트럭에 폐기물을 버리고 있었다.

  내가 물었다.

  "무슨 일이죠?"

  장 씨 아저씨가 쓰린 표정을 지으며 고개를 저었다.

  "빠져 있어."

  그러면서 아저씨는 한쪽을 바라보았다. 아저씨의 시선 끝에는 건달이라는 중년 남성이 멀찌감치 서서 핸드폰으로 누군가와 전화를 하고 있었다. 장 씨 아저씨는 그를 향해 "씨발놈." 하고 중얼거렸다.

  '도대체 무슨 일이기에.'

  누군가가 치기 시작한 꽹과리소리가 시끄럽게 울렸다.

현장으로 몰려든 시위대는 하나같이 굳은 각오를 한 얼굴들이었다.
 "결사투쟁!"
 "생존권을 보장하라! 보장하라!"
 시위대는 주먹 쥔 손을 위로 뻗었다. 팔에 두른 빨간 띠에도 그들의 구호와 같은 '결사투쟁'이라는 글자가 적혀져 있었다.
 작업 중이던 중장비가 모두 멈췄다. 인부들은 삼삼오오 모여 쓰린 얼굴로 시위대를 바라보았다. 어쩐지 그들의 눈길에는 동정심이 깃들어 있었다.
 같이 온 아저씨들이 장 씨 아저씨 곁으로 모였다. 담배 한 개비씩을 물며 시위대들을 지켜보기 시작했다.
 시위대들은 중년 남성으로 이루어져 있었다. 그들은 현장 깊숙이 들어와 꽹과리를 쳤고 "현장 감독은 나와라!"라고 외쳐댔다.
 '어어?'
 시위대 속에서 문득 낯익은 한 사람이 보였다.
 나는 눈을 깜박거렸다. 설마 하는 마음에 눈을 비비고 다시 보아도 마찬가지였다.
 두근!
 심장이 뛰었다. 몇 번을 보아도 분명 우리 아버지였다.
 '아, 아버지?'

　　　　　＊　　　＊　　　＊

아버지다. 우리 아버지다.

아버지는 시위대에서 제일 앞장서 있었다. 다른 사람들과 마찬가지로 팔과 이마에 붉은 띠를 매고선, 벌겋게 상기된 얼굴로 고래고래 구호를 외쳤다.

아버지가 외치면 다른 사람들이 따라 외친다. 아마도 아버지가 시위대 대표인 것 같았다.

소리 지를 때마다 일그러지는 얼굴. 그 얼굴을 보고 있노라니 가슴이 아려 왔다.

갑자기 아버지가 내 쪽으로 고개를 돌렸다. 나도 모르게 옆으로 고개를 돌렸다.

몇 초가 흐른 후 조심스럽게 아버지 쪽을 흘깃 쳐다보았다. 다행히도 아버지는 나를 못 본 듯했다.

나는 아버지의 모습을 멍하니 바라보았다.

'어떻게 아버지가……'

그때 옆에서 장 씨 아저씨의 목소리가 들렸다.

"아이쿠. 사람들 하고는. 이런다고 될 일이 아닌디……"

"도대체 무슨 일이죠?"

나는 눈을 크게 뜨며 물었다.

"넌 말해도 몰러."

장 씨 아저씨가 시위대를 향해 혀를 찼다. 그러면서 멀찌감치 있는 건달을 주시했다.

건달이 핸드폰을 닫았다. 그는 미소 띤 얼굴을 하며 바로 아버지를 향해 걸어갔고, 시위대도 꽹과리를 멈췄다.

나는 장 씨 아저씨의 눈을 똑바로 바라보며 말했다.

"알려주세요."

"거 알아서 좋을 거 없는 이야기지만은……. 뭐 자주 보게 될 일잉게."

장 씨 아저씨가 호주머니에서 담배 한 개비를 꺼내 물며 말했다. "후." 하고 담배 연기를 길게 내뿜은 다음 말을 계속했다.

"지금 이 아파트 공사를 하고 있는 게 삼오 건설이잖어. 원래는 아니었어. 우신 건설이라고 있었거든."

우신 건설!

나는 그 이름을 알고 있다. 아버지와 계약을 했다던 그 회사가 아닌가? 우신 건설도 아버지와 같이 피해자라고 했던 아버지의 말이 생각났다.

"저 사람들은 우신 건설하고 계약했던 작업반장들과 인부들이고."

"예."

"저 건달 있재?"

장 씨 아저씨가 턱으로 건달을 가리켰다.

건달이 시위대 사람들 중 한 사람과 대화를 나누고 있었다. 아버지도 그 사람의 오른쪽에 서서 말을 거드는 것 같았다.

하지만 거리 탓에 대화소리가 들리지 않았다. 사방에서 들려오는 잡음. 그중에서 시위대 쪽에서 나는 소리에 집중하면 대화 내용을 들을 수 있으리라.

장 씨 아저씨가 말했다.

"로마파 건달이라고 말했재? 저 건달 놈들이 꼬장 부려서 말이여, 우신 건설 공사가 중단되었단 말여. 꼬장이 길어지다 보니 우신 건설은 부도나고, 삼오 건설이 바로 공사를 인계했지. 그러면 예전에 우신 건설하고 계약했던 작업반장들은 어쩌겠어? 공중에 붕 뜬단 말여."

나는 아버지를 바라보면서 고개를 끄덕였다.

"내 알기론 몇 달간 자기 돈으로 아래 인부들 딸랭이값 줘가며 완공만 바라보고 있었는디……. 완공을 코앞에 두고 우신 건설이 망해 버렸단 말여. 미칠 노릇이겠지. 그 돈은 다 어디서 받아야 하는 거여?"

바로 이것이었다.

이것이 지난 몇 달간 아버지가 힘들어하며 자주 술을 마신 이유다.

"그 돈이 많나요?"

"많다 뿐일까. 딸린 인부가 몇이냐에 따라 다르지. 그래도 최소 수천이고 많게는 억이 날아간 사람도 있다."

말 그대로 나는 "억!"하고 소리를 뱉었다.

"놀라긴. 하여튼 그런 거여. 이게 다 건달 놈들의 농간인거여. 개시키들."

"경찰은요?"

"경찰?"

"건달. 아니 조폭들이 공사 못하도록 방해할 때 경찰은 뭘 하고요?"

"몰라. 그냥 순찰 몇 번 돌고 끝이었어."

"아저씨도 현장에 있었어요?"

"정 씨 하고 같이 일했었지. 저 사람이 정 씨여. 지금 건달 하고 이야기하고 있는 사람."

아저씨가 아버지를 턱으로 가리켰다.

"딱하게 됐지. 정 씨도 그렇고 다른 사람들도 그렇고. 이번 일로 몇 년간 모은 돈을 다 날렸으니. 정씨 같은 경우엔 대출까지 받아서 인부 일당을 주고 있었단 말여."

나는 묵묵히 고개를 끄덕였다. 자식들 앞에서 아무렇지 않은 척했지만 속마음은 어떠셨을까? 감히 알 것 같다고 말할 수 없겠지. 심장에 소금을 뿌린 듯 가슴이 쓰라렸다.

다시 아버지에게로 시선을 옮기며 소리에 집중했다.

소음 속에서 그쪽 소리가 점점 또렷해졌다.

건달의 목소리가 들렸다.

"근디 어쩌자고. 따질 거 있음 법원 가서 하라고오. 이 아저씨야."

건달이 아버지에게 눈을 부라렸다.

'누구 보고 이 아저씨라는 거야?'

"네놈들이 이 지경으로 내몰아놓고 그런 말이 나오냐? 그러고도 너희들이 사람이냐?"

아버지도 건달에 지지 않았다.

"아따 왜 이러는 거여. 법대로 하라고오. 계속 이딴 식이믄 공사 방해로 밀어 버릴 수 있다는 것도 몰러? 계속 이러믄 재미없어."

그때였다.

끼이이익.

십이 인승 봉고차가 흙먼지를 일으키며 현장 안으로 들어왔다.

불길한 예감이 들었다. 그 뒤로 두 대가 잇따랐다. 봉고차 문들이 일제히 열렸다.

운동복 차림의 건장한 남자들이 우르르 내리기 시작했다. 하나같이 야구 방망이나 각목 같은 무기를 쥐고 있었다.

시위대가 웅성거리고 아버지도 놀란 얼굴로 주위를 두리번거렸다.

나도 모르게 주먹이 쥐어졌다.

"물러나 있어."

뒤에서 장 씨 아저씨의 목소리가 들렸다. 고개를 돌려 장 씨 아저씨를 바라보니, 장 씨 아저씨와 다른 아저씨들이 쓰린 얼굴로 고개를 저어보였다.

그 순간 아스라이 들려오는 목소리가 있었다.
"이 아저씨야, 재미없다고 했지."
건달의 목소리였다. 황급히 그쪽으로 시선을 옮겼다.
건달의 주먹이 아버지의 얼굴을 가격하는 순간이었다.
퍽!
아버지의 얼굴이 홱 돌아갔다. 내 주변의 공기 흐름이 느려졌다. 늘어진 영상처럼.
아버지가 건달의 주먹에 맞아 쓰러졌다.
쿵!
아버지는 쓰러지면서 머리를 땅에 심하게 찧었다.
피다. 아버지의 머리에서 피가 보였다.
"아, 아버지!"
나는 놀라서 소리 지르며 달려나갔다.
그 순간 봉고차에서 내린 사내들이 욕설을 뱉으며 시위대를 습격했다. 내 눈앞은 순식간에 아수라장이 되어 버렸다.
그 틈 속에서 매서운 눈빛으로 아버지를 내려다보는 건달이 보였다. 아버지를 또다시 칠 기세였다.
'안 돼!'
한 사내가 시위대를 때리기 위해, 각목을 치켜든 채로 내 앞을 지나가려 했다.
나는 그의 목덜미를 잡아 뒤로 내던졌다. 그리고는 아버지를 향해 빠르게 움직였다.

코앞에 당도했을 무렵, 건달이 아버지를 걷어차려고 발을 뒤로 젖혔다. 나는 이를 악물며 건달의 얼굴에 주먹을 뻗었다.

일직선으로 날아간 주먹.

우직!

주먹에 맞은 건달의 코가 그런 소리를 냈다.

이빨 조각과 핏방울이 튀어나왔다.

다음으로 건달의 몸이 붕 떴다가 두 발짝 뒤로 "쿵."하고 떨어졌다.

건달이 고개만 들어 나를 쳐다보았다. 코와 입 주위가 피로 흥건했다.

아직도 피가 철철 흘러내리고 있었다. 나는 건달이 아버지에게 하려고 했던 대로 똑같이 돌려주었다.

그의 옆구리를 강하게 찼다.

퍽!

"크아악!"

건달이 옆구리를 쥐면서 몸을 바르르 떨었다.

"아버지!"

나는 그렇게 외치며 아버지를 바라보았다. 아버지는 반응이 없었다.

아버지 머리에서 흐르는 피를 가까이서 보자, 심장이 미친 듯이 뛰었다.

무릎을 꿇고 앉아 아버지를 껴안았다.

"아버지! 아버지!"

몇 번을 불러도 아버지는 대답이 없었다. 감은 두 눈도 떠질 생각이 없는 것 같았다.

"이 새낀 뭐야?"

그때 누군가가 내 머리를 향해 발길질했다.

나는 아버지를 안지 않은 팔을 움직여 그 발을 뿌리쳤다. 나를 차려고 했던 깡패가 옆으로 넘어졌다. 놈의 배에 주먹을 먹여준 후에 아버지를 안고 일어났다.

주위는 엉망진창이었다.

지면의 흙먼지가 피어올라 주위는 안개가 서린 듯 했다. 먼지 안개 속에서 각목과 야구 방망이가 거침없이 움직이고, 쉴 새없이 욕설과 비명이 들려왔다.

아버지를 안아들고 자리에서 일어났다. 가로막는 사람들을 옆으로 밀쳐내며 아수라장에서 빠져 나왔다.

그대로 달려 현장 밖으로 나왔다.

"아버지! 정신 차려요! 아버지!"

계속 달리며 외쳤다.

어쩐지 눈물이 멈추지 않는다.

죽은 듯이 조용한 아버지의 얼굴 위로 눈물이 계속해서 떨어졌다.

* * *

타다닥.

누군가가 급하게 뛰어오는 소리가 복도를 울렸다. 소리가 점점 가까워졌다. 내 쪽이다. 나는 벤치에서 일어나 모퉁이를 바라보았다.

"아들!"

엄마가 모퉁이를 돌아나와 나를 발견했다. 엄마도 나만큼 울었는지 눈이 시뻘겋게 충혈되어 있었다. 엄마는 내 앞에 도착해서 숨을 헐떡였다.

"아버지는? 아버지는!"

엄마의 목소리는 너무도 간절했다.

"검사 중이야."

나는 메말라 버린 목소리로 말했다. 엄마는 앞으로 달려가 응급실 문을 밀고 들어갔다.

"들어오시면 안 돼요."

닫히는 문 사이로 간호사의 목소리가 들렸다.

엄마는 다시 돌아올 수밖에 없었다.

"아들은 어떻게 알고 왔어?"

엄마가 울먹이는 목소리로 물으며 내 옆에 앉았다.

"내가 모시고 왔어."

"어떻게? 어디서? 이게 어떻게 된 거야?"

엄마는 내 손을 잡으면서 호소하는 눈길로 나를 바라보았다.

나는 말없이 엄마의 손을 내려다보았다. 엄마의 손은 기이할 정도로 차가웠다.

"나 갔다 올게. 아버지 좀 부탁해. 엄마."

그렇게 말한 다음 자리에서 일어나 발걸음을 옮겼다.

"아들! 아들!"

등 뒤로 엄마의 간절한 목소리가 들렸다.

하지만 난 계속 걸었다.

모퉁이를 돌아 병원 후문을 열고 나갔다.

병원 특유의 약 냄새가 사라진 대신, 어디선가 매캐한 담배 냄새가 풍겨왔다.

'더러운!'

고개를 들어 하늘을 쳐다보았다. 하늘은 꼭 누군가에게 맞은 듯 멍이 들어 있었다.

어둑어둑해져서 해도 보이지 않았다. 때는 저녁 무렵이 되어 가고 있었다.

벌써부터 전조등을 켜기 시작한 자동차들이 보였다. 내 앞을 휑하니 스치고 지나간다. 기분 나쁜 매연을 동반한 채. 기분이 다시금 불쾌해졌다.

기다리고 있던 택시 한 대가 멀리서 다가오고 있었다. 빈 차임을 확인한 후 앞으로 손을 내밀었다.

택시가 내 앞에서 멈춰 섰다.

문을 열고 들어가자 운전석 위쪽에 달린 백미러로 택시기사의 눈이 보였다.

나는 그 눈을 노려보며 말했다.

"로마 나이트요."

『마검왕』 4권에서 계속

작가 홈페이지

http://www.naminchae.com

EVENT ONE

이벤트를 진행하는 3종의 책을 '모두 구입하신 분들 중' 추첨을 통해 사은품을 드립니다.

[사은품]
1명 : <최신형 디지털 카메라> + 3종의 3권(작가 친필사인)
('EVENT ONE에 참여하신 분들 중 30명'에게 작가 친필사인이 들어 있는 3종의 3권을 드립니다.)

[응모요령]
1,2권 띠지에 부착된 응모권 6개를 오려 드림북스로 보내주세요.

EVENT TWO

이벤트를 진행하는 3종의 책을 '개별적으로 구입하신 분들 중' 추첨을 통해 사은품을 드립니다.

[사은품]
3명 : <백화점 상품권(10만원)> + 구입한 도서의 3권(작가 친필사인)
(『군림마도』(1명), 『마검왕』(1명), 『천마금』(1명))

[응모요령]
1,2권 띠지에 부착된 응모권 2개를 오려 드림북스로 보내주세요.

EVENT THREE

책을 읽고 감상평을 올리시는 분들 중 11명을 추첨하여 사은품을 드립니다.

[사은품]
으뜸상(1명) : Mplayer Eyes MP3 + 서평을 쓴 도서의 3권(작가 친필사인)
우수상(10명) : 문화상품권(1만원) + 서평을 쓴 도서의 3권(작가 친필사인)

[응모요령]
이벤트 진행 도서들 중 하나를 읽고 인터넷 서점(YES24)리뷰란에 감상평을 올려주시고,
그 내용을 복사하여(이메일, 아이디 기재) 한 번 더 '드림북스 홈페이지 감상란'에 올려주세요.

[보내주실 곳] (우)142-815 서울시 강북구 미아8동 322-10
(주)삼양출판사 2층 드림북스 이벤트 담당자 앞

[이벤트 기간] 2008년 12월 15일~2009년 2월 16일

[당첨자 발표] 2009년 2월 27일(당사 홈페이지 및 장르문학 전문 사이트에 발표합니다.)

드림북스 홈페이지 http://www.sydreambooks.com
드림북스 블로그 http://www.blog.naver.com/dream_books
문피아 사이트 http://www.munpia.com/출판사 소식/드림북스
조아라 사이트 http://www.joara.com/출판사 소식

※ 응모권을 보내주실 때는 '이름, 연락처, 주소'를 정확히 기입해 주세요.
※ 사은품은 이벤트 진행도서 3종의 3권의 책이 모두 출간된 직후 일괄 배송합니다.
※ 사은품은 상기 이미지와 다를 수 있습니다.